KB146429

뱀파이어 세계로 간 쌍둥이

뱀파이어 세계로 간 쌍둥이

섀넌 맥과이어 지음 | 이수현 옮김

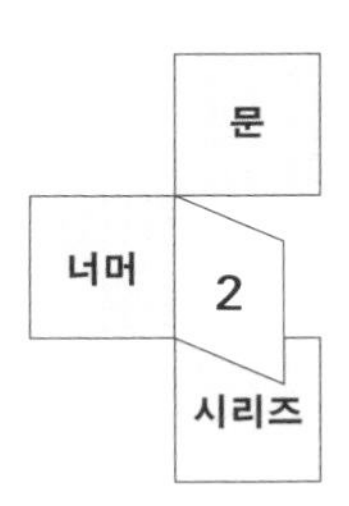

하빌리스

일러두기

1. 본문의 이탤릭체는 원서의 표기를 따른 것입니다.
2. 옮긴이 주와 원어 표기는 작은 괄호를 사용해서 본문과 구별했습니다.

메그를 위해

여기와는 규칙이 다른 것 같긴 해.
다 과학이긴 했지만, 그 과학은 마법적이었거든.
무슨 일을 할 수 있는지 없는지 따위는
신경 쓰지 않는 세상이었어.
해야 하는지 아닌지만 중요했고,
그런 질문의 답은 언제나, 언제나 '그렇다'였지.

—잭 월콧

차례

3부

시간을 죽이는 책과 길

4부

길과 책은 돌아가지 않아

1

잭과 질은 언덕 위에 살지

다른 집 아이들이라는

위험한 유혹

체스터와 세레나 월콧을 일터 밖에서 아는 사람이라면 누구나 이 부부가 아이를 갖지 않으리라는 쪽에 돈을 걸었을 것이다. 합리적으로 판단했을 때, 그들은 어떻게 보아도 양육에 어울리는 부부가 아니었다. 체스터는 재택 사무실에서 혼자 조용히 일하는 것을 즐겼고, 정해진 일과에서 조금만 벗어나도 용서할 수 없는 엄청난 혼란으로 여겼다. 그런데 아이들은 일과의 작은 일탈 정도가 아닐 터였다. 정해진 일과를 깨뜨린다는 측면에서 아이들이란 핵폭탄에 가까웠다. 세레나는 정원을 가꾸고, 여러 단정하고 우아한 비영리단체 이사회에서 한 자리씩 차지하는 것을 즐겼으며, 티끌 한 점 없는 집을 유지하기 위해 다른 사람들에게 돈을 지불했다. 그런 면에서도 아이들이란 걸어 다니는 난장판이었다. 아이들은 짓밟힌 페

튜니아꽃과 전망창을 깨뜨리는 야구공을 의미했고, 월콧 부부가 사는 주의 깊게 정리된 세상에 설 자리가 없었다.

그런 사람들이 미처 알지 못한 것은, 체스터의 법률 사무소 파트너들이 아들들을 일터에 데려온다는 사실이었다. 아버지들을 꼭 닮은 잘생긴 어린 클론들, 신사복이 어울릴 나이가 되면 티끌 없이 반짝이는 구두를 신고 더없이 온화한 목소리로 세상을 지배할 미래의 왕들. 체스터는 주니어 파트너들이 자고 있는 아들들의 사진을 가져와서 찬미 받는 모습을 지켜보며 서서히 질투심을 키웠다. 대체 저들이 뭘 했다고 찬미를 받는단 말인가? 기껏해야 재생산인데! 들판의 어떤 짐승이라도 할 수 있는 단순한 일인데!

밤이면 체스터는 그의 머리카락과 셀레나의 눈을 닮은, 재킷 단추를 완벽하게 잠그고 완벽하게 예의 바른 어린 남자애들을 꿈꾸기 시작했다. 파트너들이 이 증거를 통해 체스터가 얼마나 가정적인 남자인지 깨닫고 우호적으로 웃는 모습을 꿈꾸었다.

또 그런 사람들이 미처 알지 못한 것은, 세레나가 속한 위원회 여자들이 가끔 한 번씩 무능한 보모나 아픈 베이

비시터 탓이라고 미안해하면서 딸들을 데려오고는, 모두가 몰려들어서 그 아름다운 여자 아기들을 보고 감탄하는 모습에 몰래 흡족해한다는 사실이었다. 그 아이들, 레이스와 호박단으로 만든 드레스를 입은 이 특권층 아이들은 알아서 크는 정원 같았다. 아이들은 봉제 인형을 껴안고 인형에게 상상 속의 쿠키를 먹이는 등 카펫 끄트머리에서 평화롭게 놀면서 회의와 다과회 시간을 보내곤 했다. 그러면 세레나가 아는 사람들 모두가 재빨리 아이엄마들의 희생을 찬양했는데, 대체 뭘 찬양한단 말인가? 아기를 가졌을 뿐인데! 태초부터 사람이면 다 할 정도로 쉬운 일인데!

밤이면 세레나는 그녀의 입매와 체스터의 코를 닮았으며, 프릴과 장식이 가득 달린 드레스를 입은 아름답고 차분한 어린 여자애들을 꿈꾸기 시작했다. 세레나의 딸이 얼마나 굉장한지 제일 먼저 말하려고 다른 여자들이 기를 쓰는 모습을 꿈꾸었다.

이거야말로 아이들이 지닌 진정한 위험이었다. 모든 아이들이 복병이었다. 어떤 사람은 다른 사람의 아이를 볼 때, 겉으로 드러난 반짝이는 구두나 완벽한 곱슬머리만 보는 것이다. 그런 사람들은 눈물과 짜증, 늦은 밤과 잠 못 이루는 시간, 걱정 근심을 보지 못했다. 심지어 사랑도 제대로는 보지 못했다. 아이들을 겉으로만 보고, 사람이 아니라 부모가 정한 한 가지 방식으로만 행동하면서 그 규칙을 따르도록 설계하고 프로그램한 인형이라고 믿으면, 참 쉽다고 여길 수 있었다. 한때는 자기만의 생각과 야망이 있는 아이였다는 사실을 기억하지 못하고, 어른이라는 높다란 기슭에 서 있으면 모든 게 쉬워 보일 수 있었다.

무엇보다 아이들도 사람이고, 사람은 결과 따위는 생각하지 않고 하고 싶은 일을 한다는 사실은 잊어버리기가 쉬웠다.

크리스마스 직후, 그러니까 끝도 없이 이어지는 회사 파티와 자선 행사들을 마친 후에 체스터는 세레나를 돌아보고 말했다. "당신과 의논하고 싶은 문제가 있어."

"난 아기를 갖고 싶어." 세레나가 대꾸했다.

체스터는 멈칫했다. 그는 단정한 아내와 함께 평범하고 질서정연한 삶을 사는 질서정연한 남자였다. 아내가 자기 욕망을 그렇게 노골적으로 드러내는 일도, 사실은 그녀에게 욕망이 있다는 사실도 익숙지 않았다. 경악스러운 일이었지만… 솔직히 말하면, 조금은 흥분이 되기도 했다.

그는 결국 미소지으며 말했다. "내가 이야기하고 싶었던 게 그거야."

이 세상에는 간절히 아기를 갖고 싶어 하는, 몇 년이나 아기를 얻으려고 노력하면서도 성공하지 못하는 선량하고 정직하고 근면한 사람들이 있다. 작은 살균실에서 의사들을 만나고서, 희망을 품는 데조차 얼마나 많은 돈을 써야 하는지 무시무시한 선고를 들어야 하는 사람들이 있다. 때가 맞고 충분히 간절하다면 소원을 이뤄줄 수도 있는 '달의 집'으로 가기 위해서, 어느 방향으로 갈지 북풍을 좇으며 탐구하는 사람들이 있다. 노력하고, 노력하고, 또 노력해도 그 노력의 보답으로 상처받은 마음만 얻게 될 사람들이 있다.

그러나 체스터와 세레나는 위층의 둘이 쓰는 방, 둘이 같이 쓰는 침대로 올라갔다. 체스터는 콘돔을 끼지 않았고 세레나는 콘돔을 끼라고 말하지 않았으며, 그것으로 끝이었다. 다음 날 아침, 세레나는 피임약 복용을 중단했다. 그리고 3주 후에는 그녀의 인생 모든 것과 마찬가지로 12세 때부터 규칙적이었던 생리 주기를 건너뛰었다.

2주 후, 그녀는 작고 하얀 방에 앉아서 길고 하얀 겉옷을 입은 친절한 남자에게 어머니가 될 거라는 말을 들었다.

"아기 사진을 보려면 얼마나 걸립니까?" 체스터는 벌써부터 사무실 사람들에게 사진을 보여 줄 상상을 하며 물었다. 미래의 아들과 캐치볼을 하는 꿈에 푹 빠진 사람처럼, 먼 곳을 응시하며 턱에 힘이 들어갔다.

"그래요, 얼마나 걸리나요?" 세레나도 물었다. 그녀와 같이 일하는 여자들은 누군가 새로운 초음파 사진을 들고 와서 돌리면 언제나 꺅꺅거리고 아양을 떨었다. 드디어 그녀에게 관심이 집중되다니, 얼마나 멋질까!

열성적인 부모를 많이 대해 본 의사는 미소지으며 말했다. "아직 5주 차입니다. 평범한 상황이라면, 12주가 되기 전까지는 초음파를 추천하지 않아요. 이번이 첫 임신이시죠. 임신했다는 소식은 조금 기다렸다가 알리시는 게 좋겠습니다. 지금은 다 정상으로 보이지만, 아직 임신 초기이고 기왕이면 선언을 철회할 일이 없는 쪽이 더 좋을 테니까요."

세레나는 어리둥절한 얼굴이었다. 체스터는 발끈했다. 그의 아내가 임신을 유지하지 못할 수도 있다니, 길거리의 어떤 바보라도 할 수 있는 간단한 일을 못 할 수도 있다니, 그런 암시만으로도 표현할 말을 찾을 수 없을 만큼 불쾌했다. 하지만 토저 박사는 회사 파트너 한 명이 다 안다는 듯 눈을 빛내면서 추천해 준 의사였고, 체스터로서는 그렇게 중요한 사람의 심기를 거스르지 않고 의사를 바꿀 방법을 알 수가 없었다.

"그렇다면 12주에 하죠. 그때까지는 뭘 하면 됩니까?" 체스터는 말했다.

토저 박사는 설명했다. 비타민과 영양 보급, 그리고 독서였다. 읽을 것이 너무나 많았다. 의사가 할당한 독서량을 보니, 아기가 인류 역사상 가장 힘겨운 존재가 될 거라고 여기는 모양이었다. 하지만 부부는 완벽한 아이를 품에 안게 해 줄 마법 주문을 단계별로 따르는 기분으로 충실히 그 지시에 따랐다. 그들은 아들이 좋을지 딸이 좋을지 단 한 번도 논의하지 않았다. 둘 다 결과에 완벽한 자신감을 품은 나머지 그런 말을 해야 한다고 생각하지도 않았다. 그래서 체스터는 매일 밤 아들을 꿈꾸면서 잠자리에 들고, 세레나는 딸을 꿈꾸면서 잠자리에 들었으며, 한동안은 둘 다 이 가족계획이 완벽하다고 믿었다.

물론 임신을 비밀로 하라는 토저 박사의 충고를 제대로 듣지는 않았다. 이렇게 좋은 소식이라면 알려야만 했다. 두 사람이 부모가 될 유형이라고 생각한 적 없었던 친구들은 당황하면서도 지지했다. 이게 얼마나 나쁜 생각인지 이해할 만큼 두 사람을 알지 못하는 직장 동료들은 열광했다. 체스터와 세레나는 악수를 나누며 고상하게 이제야 '진짜' 친구가 누구인지 알았다는 발언을 했다.

세레나는 위원회 회의에 가서 다른 여자들이 지금 모습이 아름답다고, 광채가 난다고, 어머니의 모습이 '잘 어울린다'고 말하는 소리를 들으며 흡족한 미소를 지었다.

체스터는 회사에 갔더니 파트너 몇 명이 그저 곧 아버지가 된다는 사실에 대해 '잡담을 하기 위해' 들르고, 충고를 하고, 동지애를 보였다.

모든 게 완벽했다.

두 사람은 같이 첫 초음파 사진을 찍으러 갔고, 세레나는 기술자가 그녀의 배에 푸르스름한 액체를 바르고 그 위에 지팡이를 굴리는 동안 체스터의 손을 잡고 있었다. 사진이 서서히 떠올랐다. 세레나는 처음으로 걱정이 들었다. 아기가 뭔가 잘못됐으면 어쩌지? 토저 박사 생각이 옳아서 한동안이라도 임신을 비밀로 했어야 한다면?

"어떻습니까?" 체스터가 물었다.

"아기의 성별을 알고 싶으셨죠?" 기술자가 물었다.

그는 고개를 끄덕였다.

"완벽한 따님입니다." 기술자가 말했다.

세레나는 걱정에서 벗어나서 기쁜 웃음을 터뜨렸지만, 체스터의 일그러진 얼굴을 보자 웃음소리가 사그라들었다. 갑자기 두 사람이 의논도 하지 않은 문제들이 부풀어 올라서 방안을 가득 채웠다.

기술자가 헉 소리를 냈다. "두 번째 심장 박동이 잡혀요."

부부 둘 다 기술자를 돌아보았다.

"쌍둥이예요." 기술자가 말했다.

"두 번째 아기는 아들입니까, 딸입니까?" 체스터가 물었다.

기술자는 머뭇거리다가 회피했다. "첫 번째 아기가 시야를 가리고 있어서, 확실히 말하기가 어렵—"

"추측해 봐요." 체스터가 말했다.

"이 단계에서 제가 추측을 하면 윤리적이지 않아서요."

기술자는 말했다. "2주 후에 다음 약속을 잡아드릴게요. 아기들은 자궁 속에서 움직이니까요. 다음번에는 더 잘 보일 거예요."

더 잘 보이는 일은 없었다. 첫 번째 아기는 고집스럽게 앞자리에만 있었고, 두 번째 아기는 고집스럽게 뒤에만 있었으며, 월콧 부부는 속으로 첫 시도 만에 핵가족을 완성하고 아들과 딸을 둘 다 얻은 뿌듯한 부모가 되기를 빌면서 분만실까지 갔다. 물론 두 사람의 동의하에 골라서 각자의 계획표에 동그라미를 친 유도분만 날짜였다. 둘 다 속으로 그런 생각을 하며 살짝 우쭐해하기도 했다. 그렇게만 된다면 효율적일 테고, 시작부터 완벽한 맞춤형 해결책을 내놓는 셈이었다.

(그들은 아기들은 어린이가 되고, 어린이는 사람이 된다는 생각을 한 번도 하지 않았다. 생물학은 운명이 아니며, 모든 여자애가 예쁜 공주가 되고 모든 남자애가 용감한 군인이 되는 게 아니라는 생각 또한 한 번도 하지 않았다. 두 사람의 머릿속에 그런 생각이 조금이라도 기어들어 갔다면 상황이 수월해졌을지도 모른다. 그게 달갑지는 않아도 확실히 권위 있는 말이라고 여겼다면 말이다. 안

타깝게도 그들의 머릿속은 정돈되어 있었고, 그런 혁명적인 의견을 받아들일 자리가 남아 있지 않았다.)

분만은 계획보다 오래 걸렸다. 세레나는 흉터를 남기고 싶지 않았고, 어쩔 수 없는 경우만 아니라면 절개를 하고 싶지 않았다. 그래서 힘을 주라고 하면 힘을 주고, 쉬라고 하면 쉬다가 9월 15일 자정을 5분 남기고 첫 아이를 출산했다. 의사가 아기를 기다리던 간호사에게 넘겨주며 "딸이군요."라고 선언하고 다시 환자에게 몸을 굽혔다.

과묵한 소년이 될 아기가 먼저 제치고 나와서 첫째라는 자랑스러운 자리를 거머쥘 거라 희망을 품고 있었던 체스터는, 아내의 손을 잡고 둘째를 내놓기 위한 그녀의 분투에 귀 기울이면서 아무 말도 하지 않았다. 아내의 얼굴이 새빨개졌고, 짐승 같은 소리를 내뱉었다. 끔찍했다. 그는 이 꼴을 보고도 아내를 다시 건드리게 될 상황을 상상할 수도 없었다. 안 된다. 한 번에 두 아이 다 낳는 게 좋았다. 그렇게만 되면 깔끔하게 다 끝날 테니까.

철썩. 울부짖는 소리. 그리고 의사가 자랑스럽게 선언했다. "이번에도 건강한 여자애군요!"

세레나는 기절했다.

체스터는 아내가 부러웠다.

나중에, 세레나가 개인실에 안전하게 들어간 뒤 체스터가 옆을 지키고 있을 때, 간호사들이 딸들을 만나 보고 싶냐고 물었고 그들은 당연히 그렇다고 대답했다. 어떻게 다른 대답을 할 수가 있겠는가? 그들은 이제 부모였고, 부모가 되면 받는 기대가 있었다. 부모가 되면 따라오는 규칙들이 있었다. 그런 기대에 미치지 못한다면 그들은 아는 사람 모두의 눈에 '부적격' 딱지가 붙을 테고, 그 결과는, 뭐라고 해야 하나….

생각할 수도 없었다.

간호사들이 인간이라기보다는 땅벌레나 고블린처럼 생긴 머리털 없는 분홍색 얼굴 둘을 데리고 돌아왔다. "한 분에 한 아이씩이네요." 간호사 한 명이 눈을 빛내면서, 세상에서 제일 평범한 일이라는 듯이 천에 둘둘 말린 아기를 건넸다.

"이름은 생각해 두셨어요?" 다른 간호사가 세레나에게 두 번째 아기를 건네면서 물었다.

"제 어머니 이름이 재클린이었어요." 세레나는 체스터를 곁눈질하면서 조심스럽게 말했다. 당연히 그들은 이름에 대해 의논했지만, 여자아이 이름 하나, 남자아이 이름 하나였다. 여자애 이름만 두 개가 필요해질 상황은 생각해 두지 않았다.

"우리 수석 파트너 부인 이름이 질리언이야." 체스터가 말했다. 필요하다면 어머니 이름이라고 우길 수 있을 것이다. 아무도 모를 것이다. 아무도 알지 못할 것이다.

"잭과 질이라니." 첫 번째 간호사가 웃으며 말했다. "귀엽네요."

"재클린과 질리언이죠." 체스터가 차갑게 정정했다. "제 딸은 천박하고 품위 없는 별명 따위로 불리지 않을 겁니다."

간호사의 미소가 시들었다. "물론이죠." 말은 그랬지만, "보나 마나 그렇게 불릴 텐데요."와 "곧 알게 될 거예요."가 본심이었다.

세레나와 체스터 월콧은 다른 사람들의 자식이라는 위험한 유혹에 넘어가 버렸다. 곧 그들은 자신들이 실수했음을 알게 될 것이다. 그런 사람들은 언제나 그랬다.

사실상 완벽,

실상은 전혀

월콧 가족은 모든 집이 비슷하게 생긴 부유한 동네 한가운데의 언덕 꼭대기에 살았다. 주택소유자협회에서는 외부 페인트칠에 세 가지 색만 허용했고(많은 주민들의 머릿속에서는 두 가지 색도 너무 많았다), 앞마당 잔디밭에는 엄격하게 정해진 모양의 담벼락과 산울타리만 만들어야 했으며, 아주 짧은 품종 목록에 있는 조용한 개들만 키워야 했다. 대부분의 주민은 개를 키우기 위해 요구되는 허가서류와 지원서류들을 다 채우는 복잡한 과정을 거치느니, 그냥 개를 키우지 않기를 선택했다.

전부 다 사람들의 목을 조르기 위해서가 아니라 편안하게 해 주기 위해서, 완벽하게 정돈된 세계에서 안심하고 살기 위해서 고안된 규칙이었다. 밤이면 사방이 조용했다. 걱정 없이 안전했다.

물론 발달 중인 두 쌍의 폐로 내지르는 건강한 울음소리가 고요함을 쪼개는 월콧 가족의 집만 빼고 말이다. 세레나는 식당에 앉아서, 비명을 지르는 두 아기를 멍하니 보고 있었다.

"너희는 우유를 한 병씩 먹었어." 세레나는 아기들에게 알렸다. "기저귀도 갈았어. 집 주위를 산책하는 동안 내가 어르면서 거미가 나오는 그 끔찍한 노래도 불러 줬어. 왜 아직도 우는 거지?"

재클린과 질리언은 아기들이 우는 수많은 이유 중 몇 가지 때문에—추웠고, 괴로웠고, 중력의 존재 자체가 불쾌했다— 울고 있었고, 계속 울어 댔다. 세레나는 실망해서 두 아기를 바라보았다. 아무도 그녀에게 아기들은 늘 운다고 말해 주지 않았다. 아, 임신 기간에 읽은 책에 그런 말이 있기는 했지만, 그녀는 그게 자식을 제대로 통제하지 못하는 나쁜 부모들에게나 해당하는 이야기라고 생각했었다.

"닥치게 할 수 없어?" 뒤에서 체스터가 요구했다. 뒤를 돌아보지 않아도 남편이 잠옷 차림으로 문간에 서서 셋 모두에게 험상궂은 눈길을 보내고 있음을 알 수 있었다.

마치 아기들이 멈추지 않고 비명을 지르도록 설계된 게 그녀의 잘못이라도 된다는 듯이 말이다! 딸들을 만들기는 같이 했으면서, 이제 아기들이 여기에 와 있는데도 그는 사실상 아무 관여도 하지 않으려고 했다.

"노력하고 있어." 세레나는 말했다. "난 얘들이 뭘 원하는지 모르겠고, 얘들은 나에게 말해 줄 수가 없어. 난… 난 어떻게 해야 할지 모르겠어."

체스터는 사흘 동안 제대로 자지 못한 상태였다. 그는 수면 부족이 일에 영향을 줘서 파트너들의 주목을 끌고, 그와 그의 양육 능력이 형편없어 보이는 순간이 올까 두려워졌다. 그런 절박함 때문이었을지 모른다. 아니면 드물게 찾아오는 터무니없이 머리가 맑아지는 순간이었을지도.

"내 어머니에게 전화할게." 그는 말했다.

체스터 월콧은 세 아이 중 막내였다. 그가 태어났을 무렵, 이미 저지를 실수는 다 저지르고 배울 만큼 배운 부모는 양육을 편안하게 해냈다. 그의 어머니는 용서할 수 없을 만큼 감상적이고 비실용적인 여자였지만 아기에게 트림을 시키는 방법은 알았다. 재클린과 질리언이 어머니가 세상을 보는 방식에 영향받지 않을 만큼 어린 지금 초대한다면, 실제로 아이들에게 피해를 입힐 수 있는 나이가 되었을 때는 부르지 않아도 될 터였다.

세레나도 평소 같으면 시어머니가 쳐들어와서 모든 질서를 흐트러뜨린다는 생각에 반대했을 것이다. 그러나 우는 아기들로 이미 엉망이 된 집에 있는 지금은 고개를 끄덕일 수밖에 없었다. 체스터는 아침에 일어나자마자 어머니에게 전화했다.

루이즈 월콧은 기차를 타고 여덟 시간 후에 도착했다.

무자비하게 엄격한 아들을 제외하면 누구 기준으로 보아도 루이즈 월콧은 절도 있고 정연한 여성이었다. 그녀는 세상의 앞뒤를 맞추고 규칙을 따르기를 좋아했다. 아들의 기준에서만 그녀는 답 없는 몽상가였다. 세상이 친절할 수 있다고 생각했고, 사람의 근본은 선하며 그 본성을 보여 줄 기회를 기다릴 뿐이라고 생각했기에.

루이즈는 기차역에서 택시를 탔다. 그야 물론, 그녀를 태우러 나가려다간 이미 엉망이 된 체스터의 일정에 또 차질을 빚었을 테니 당연했다. 그녀는 초인종을 눌렀다. 그야 물론, 그녀에게 열쇠를 준다는 건 말도 안 되는 일이었으니 당연했다. 세레나가 양쪽 팔에 아기를 하나씩 안고 나오자 루이즈의 눈에 불이 켜졌고, 며느리가 빗질을 하지 않았다는 사실이나, 며느리의 블라우스 옷깃에 얼룩이 졌다는 사실은 눈에 보이지도 않았다. 세레나가 세상에서 제일 중요하다고 생각하는 것들이 루이즈에게는 아무 상관 없는 일이었다. 그녀의 관심은 온전히 두 아기에게 쏠렸다.

"*거기* 있었구나." 루이즈는 마치 쌍둥이가 몇 년 동안 전 세계를 수색해서 찾은 범인이라도 된다는 듯이 말했다. 그녀는 들어오라는 말을 기다리는 대신 열린 현관문으로 슥 들어가서, 가방을 우산대 옆(그런 물건을 장식하고 싶지는 않은 곳)에 내려놓고 팔을 벌렸다. "할미에게 오렴."

평소의 세레나라면 반대했을 것이다. 평소의 세레나라면 커피나 차, 그리고 아무도 보지 않을 가방 보관 장소를 제공하겠다고 우겼을 것이다. 하지만 남편과 마찬가지로 세레나 역시 병원에서 집에 돌아온 후 하룻밤도 제대로 자지 못한 상태였다.

"어서 오세요." 그녀는 그렇게 말하고는 예의고 뭐고 없이 두 아기를 다 루이즈의 품에 밀어 넣고 돌아서서 계단을 올라갔다. 잠시 후에 침실 문이 쾅 닫히는 소리가 들렸다.

루이즈는 눈을 껌벅였다. 그녀는 아기들을 내려다보았다. 아기들은 잠시 울음을 멈추고, 크고 호기심 가득한 눈으로 루이즈를 올려다보고 있었다. 아기들의 세계는 아직까지 매우 한정되어 있었고, 모든 것이 새로웠다. 그중에서도 할머니가 제일 새로웠다. 루이즈는 미소지었다.

"안녕, 애들아." 그녀는 말했다. "이젠 내가 있어."

그리고 그녀는 이후 5년 동안 떠나지 않았다.

월콧 가족의 집은 세레나와 체스터 둘만 살기에는 너무 컸다. 그들은 병에 든 치아 두 개처럼 달그락거리면서 돌아다니다가 가끔 한 번씩 스치곤 했었다. 그러나 성장하는 아이들과 체스터의 어머니가 들어오자, 같은 집이 갑자기 너무 작아졌다.

체스터는 직장 동료들에게 루이즈가 유모라고 말했다. 쌍둥이를 돌보기가 벅찼던 세레나를 돕기 위해 평판 좋은 회사에서 고용한 유모라고. 그는 세레나를 경험 없는 초보 엄마가 아니라 그저 아이들을 돌보기 위해 여분의 손을 필요로 하는 사랑이 넘치는 어머니로 바꿔 놓았다. (그 여분의 손이 남편인 자신일 수도 있다는 생각은 조금도 들지 않는 모양이었다.)

세레나는 같이 일하는 위원회 사람들에게 루이즈가 남편의 병약한 어머니라고, 전염성은 없는 여러 질병에서 회복하는 동안 가족에게 도움이 될 방법을 찾고 있다고 말했다. 물론 쌍둥이는 완벽한 천사들이었으며, 이보다 더 훌륭하고 다루기 쉬운 아이가 없을 정도였지만, 루이즈에게 할 *일이* 필요하니 한동안 아이 돌보기 놀이를 하게 해 줘야 한다는 식이었다. (사실대로 말한다는 건 어림도 없는 생각이었다. 그건 실패를 인정하는 셈이 될 텐데, 월콧 부부는 *실패하는* 일이 없었다.)

루이즈는 재클린과 질리언에게 옛날이야기를 해 주고, 너희는 영리하다고, 너희는 강하다고, 너희는 기적이라고 말했다. 잘 자라고, 울지 말라고 말했고 아이들이 성장하자 채소를 먹으라고, 방 청소를 하라고 말했고 언제나, 언제나 사랑한다고 말했다. 그녀는 아이들에게 너희는 있는 그대로 완벽하다고, 누굴 위해서도 변할 필요 없다고 말했다. 오히려 너희가 세상을 바꿀 거라고 말했다.

체스터와 세레나는 서서히 두 딸을 분간할 줄 알게 되었다. 재클린이 먼저 태어났는데, 그러느라 용기를 다 써버린 것 같았다. 둘 중에서 재클린이 더 섬세했고, 늘 뒤에 물러나서 동생이 앞서 나가게 놓아두었다. 어둠을 무서워하고 밤새 불을 켜 달라고 요구한 것도 재클린이 먼저였다. 젖병도 나중에 떼었고, 질리언이 엄지손가락을 빨지 않게 되고 나서도 오랫동안 엄지를 빨았다.

반면에 질리언은 상식이 부족하게 태어난 것 같았다. 계단에서 스토브, 지하실 문에 이르기까지 위험한 곳마다 몸을 던졌다. 아무런 사전 경고도 없이 불쑥 일어나서 걷기 시작했고, 루이즈가 오후 한나절을 집안 곳곳으로 쫓아다니며 가구 모서리에 완충재를 붙이는 동안, 재클린은 동생이 어떤 위험에 돌진하고 있는지 모른 채 편안하게 햇볕을 쬐며 누워 있었다.

(세레나와 체스터는 매일의 정신없는 일과를 끝내고 집에 왔을 때 그들이 고심해서 고른 우아한 가구마다 말랑말랑한 스폰지 완충재가 붙은 모습을 보고 격분했다. 루이즈가 딸들에게 눈이 몇 개 있었으면 좋겠냐고 묻고

나서야 이 보호 장치를 붙여 놓아도 좋다고 설득할 수 있었다. 물론 한동안만이라는 조건하에서.)

안타깝게도, 부부가 두 아이를 알아보게 되자 하위분류가 이어졌다. 일란성 쌍둥이는 많은 사람을 불안하게 하는 존재였다. 아주 어릴 때는 둘에게 똑같은 옷을 입히고 구별할 수 없는 존재처럼 다루는 것도 매력적일지 모르지만, 나이를 먹고도 그러면 사람들을 불안하게 만들 수 있었다. 특히 여자애들은 너무 닮아 보이면 이질적이거나 불길한 존재로 보이기 마련이었다. SF를 탓하고, 존 윈덤(존 윈덤의 호러 SF 『미드위치의 뻐꾸기들』에서는 미드위치의 여자들이 외계 생물체의 기생으로 똑같이 생긴 아이들을 낳게 된다. 《저주받은 도시》라는 영화로도 만들어졌다-옮긴이 주)과 스티븐 킹(스티븐 킹의 호러 소설 『샤이닝』에는 쌍둥이는 아니지만 쌍둥이처럼 똑같은 그레이디 자매가 나온다-옮긴이 주)과 아이라 레빈(이상적인 아내를 만들어 준다는 호러 소설 『스텝포드 와이브스』를 가리키는데, 이 경우는 똑같이 생긴 여자들이 공포의 대상이 된다-옮긴이 주)을 탓하라. 어쨌든 딸들을 구별해야 한다는 데에는 변함이 없었다.

질리언이 더 빠르고, 더 무모하고, 더 소란스러웠다. 세레나는 질리언을 데리고 미용실에 갔다가 픽시컷(뒤와 옆 머리를 짧게 친 커트 스타일의 일종-옮긴이 주)을 시켜서 데려 왔다. 체스터는 질리언을 데리고 백화점에 갔다가 청바지, 운동화, 그리고 몸이 실제보다 커 보이는 벙벙한 재킷을 사서 돌아왔다. 네 살이 되기 직전이었으며, 거리감 있는 부모를 아이에게만 가능한 방식으로 숭배하던 질리언은 눈을 크게 뜨고 부러워하는 자매에게 새 옷을 입어 보였다. 처음 품에 안은 날부터 두 아이를 구별할 수 있었던 루 할머니나 쌍둥이 자매가 아닌, 다른 사람들에게 다르게 보인다는 것이 무슨 의미인지까지는 생각하지 않았다.

재클린은 더 느리고, 순하고, 조심스러웠다. 체스터는 세레나에게 신용카드를 넘겨줬고, 세레나는 딸을 데리고 동화에서 빠져나온 것 같은 가게로 데려갔다. 드레스는 하나같이 웨딩 케이크처럼 층층에 폭포 같은 레이스와 리본과 반짝이는 버튼에 뒤덮였고, 구두는 하나같이 에나멜이었으며 감탄스럽게 반짝거렸다. 영리한 재클린은 뭔가가 잘못됐을 때면 바로 알았기에, 동화책처럼 입고 집에 와서는 자매에게 달라붙어서 울었다.

"어쩜 이렇게 귀여운 톰보이람!" 사람들은 질리언을 보면 그렇게 외쳤다. 그리고 질리언은 소년 같은 모습이 비판을 받기보다는 귀엽고, 사랑스럽고, 매력적으로 느껴질 만큼 어린 나이였기에, 체스터는 뿌듯하게 활짝 웃었다. 그에게 아들은 없을지 몰라도, 여자애들의 축구 리그가 있었다. 딸을 가지고 파트너들에게 강한 인상을 남길 방법은 여러 가지 있었다. 강인한 딸은 언제나 약한 아들보다 나았다.

"어쩜 이렇게 귀여운 공주님일까!" 사람들은 재클린을 보면 그렇게 외쳤다. 그리고 세레나는 딸에게 오직 그것만을 원했기에, 겸양하고 손으로 미소를 가리면서 그런 찬양을 만끽했다. 재클린은 완벽했다. 재클린이라면 세레나가 딸을 갖고 싶다고 생각하게 만들었던 여자애들처럼 성장하되, 그보다 더 나을 것이다. 그들은 다른 열등한 부모들 같은 실수를 저지르지 않을 테니까.

(지금까지 세레나와 체스터가 양육에 실수를 저지르지 않은 건, 사실 두 사람이 양육에 아예 관여하지 않았기 때문이라는 생각은 그녀의 머릿속에 떠오르지도 않았다. 아이들의 어머니는 그녀였으니까. 루이즈는 기껏해야 유모, 최악의 경우에는 악영향일 뿐이었다. 그렇다, 루이즈

가 오기 전에 상황이 힘들기는 했지만 그건 그저 그녀가 회복기였기 때문이었다. 루이즈가 모든 영광을 독차지하지만 않았더라면, 세레나도 빠르게 필요한 기술을 습득했을 것이다. 당연히 그랬을 것이다.)

쌍둥이는 네 살 반이 되자 반나절짜리 어린이집에 다녔다. 공공장소에서 얌전하게 굴 만한 나이였고, 적당한 친구들을 사귀며 적당한 인맥을 구축하기 시작할 나이였다. 루이즈가 첫 등원을 준비하자, 친숙한 집안에서는 용감하지만 집 밖의 모든 것을 무서워하는 질리언은 울었다. 끝없는 호기심을 품었고, 집 말고도 많은 것들을 배우고 싶어 했던 재클린은 울지 않았다. 재클린은 프릴이 달린 분홍색 드레스를 입고 같은 색 구두를 신은 채 서서 말없이 인내하며 루 할머니가 동생을 달래는 모습을 지켜보았다.

재클린에게 질투 같은 것은 떠오르지 않았다. 지금은 질리언이 관심을 더 받고 있었지만, 이럴 때마다 재클린은 루 할머니가 나중에 재클린에게만 뭔가를 해 줄 핑계를 찾아낸 뒤, 둘 사이의 균형을 맞춰 줄 것을 알았다. 루 할머니는 쌍둥이 중에 한쪽이 소외감을 느낄 때를 알았고, 언제나 그 일을 만회해서 격차가 생기지 않도록 노력했다. "너희에게 오직 서로밖에 없는 날이 올 거야." 루 할머니는 쌍둥이 한쪽이 다른 쪽에 대해 불평하면 그렇게 말했다. "잊지 말거라."

그래서 두 아이는 어린이집에 갔고, 서로에게 붙어 있었다. 예쁜 치마를 입고 예쁜 미소를 짓고 바닐라 향을 풍기는 선생님 덕분에 질리언의 두려움이 사라질 때까지 그랬다. 그 후에는 질리언이 빨간 고무공을 찾아낸 남자애들과 놀려고 달려간 사이, 재클린은 예쁜 드레스가 너무 딱 맞아서 가만히 서서 서로에게 감탄하는 것 외에 다른 일을 할 수 없는 여자애들이 모인 구석 자리로 갔다.

다들 어렸다. 다들 수줍었다. 그 아이들은 알록달록한 새떼처럼 구석에 서서 서로를 곁눈질했고, 더 시끄럽고 자유로운 아이들이 바닥을 구르며 뛰는 모습을 지켜보았다. 그리고 혹시 그 모습을 질투한다 해도 말은 하지 않았다.

하지만 그날 밤에 집에 갔을 때, 재클린은 드레스를 침대 밑에 걷어차 넣었다. 입을 수 없을 만큼 커지고 나서도 오래도록 찾아내지 못할 곳에 쑤셔 넣었다. 한편 질리언은 인형을 가득 품에 안고 구석에 앉아서 아무에게도, 루 할머니에게조차도 말을 하지 않으려고 했다. 세상이 변하고 있었다. 두 아이는 그 변화가 마음에 들지 않았다. 변화를 멈출 방법도 몰랐다.

재클린과 질리언의 다섯 번째 생일에, 두 아이는 분홍색과 자주색 장미와 먹을 수 있는 반짝이가 뒤덮인 3단 케이크를 받았다. 뒷마당에 바운스 캐슬(아이들이 점프할 수 있는 트램폴린을 성 모양으로 만든 장난감-옮긴이 주)과 선물이 가득한 테이블을 두고 파티를 열었고, 어린이집 아이들 모두와 체스터의 회사 동료들 자녀, 세레나의 위원회 사람들 자녀를 모조리 초대했다. 아이들 중 상당수는 쌍둥이보다 나이가 많아서, 마당 한쪽 구석 아니면 아예 더 어린아이들의 빽빽거리는 소리가 들리지 않는 집안에 따로 모였다.

질리언은 친구들이 다 자기집 마당에 있으니 좋았다. 여기라면 잔디밭이 어떻게 생겼는지, 스프링클러가 어디 있는지 잘 알았다. 질리언은 깔깔대고 소리를 지르면서 야생 동물처럼 뛰어다녔고, 친구들도 같이 뛰어다녔다.

그 아이들이 배운 놀이 방법이 그랬다. 대부분은 남자애들이었는데, 세균이라거나 "여자애는 안 돼."를 배우기엔 아직 너무 어렸다. 루이즈는 살짝 찌푸린 얼굴로 뒷문 포치에서 그 모습을 지켜보았다. 그녀는 아이들이 얼마나 잔인해질 수 있는지 알았고, 질리언의 역할이 얼마나 부모가 강제한 것인지 알았다. 1년이나 2년만 지나면 흐름이 달라질 테고, 질리언은 고립되고 말 것이다.

재클린은 뒤에 물러서서 할머니에게 꼭 달라붙은 채, 예쁜 드레스를 더럽힐까 조심하고 있었다. 이 파티를 위해 세레나가 특별히 골라 입힌 드레스였고, 최대한 깨끗한 상태를 유지하라고 엄하게 지시받았기 때문이다. 재클린은 왜 그래야 하는지 몰랐지만 —질리언은 언제나 진흙투성이였고 매번 세탁을 했다. 그런데 왜 재클린의 드레스는 빨 수 없단 말인가?— 이유가 있으리라 믿었다. 이유는 언제나 있었다. 부모님이 설명해 줄 수 있는 이유가 아닐 뿐이었다.

체스터는 바비큐를 맡아서 요리사 겸 공급자의 기술을 보여 주고 있었다. 파트너 몇 명이 근처에서 맥주를 마시고 일에 대해 잡담을 나눴다. 체스터의 가슴은 자랑스러움에 부풀어 터질 것만 같았다. 여기에 그는 한 집의 가장으로 서 있고, 상사들이 와서 그의 가족이 얼마나 눈부신지 보고 있었다. 그와 세레나는 진작에 아이를 가졌어야 했다!

"자네 딸은 정말 싸움꾼이구만, 안 그런가, 월콧?"

"그렇죠." 체스터는 버거를 뒤집으며 말했다. (자신이 이 일을 생계로 하는 사람들을 '버거 뒤집개'라고 부르면서 깔본다는 사실은 완전히 잊었다. 주위 사람 모두 마찬가지였다.) "조금 더 크면 불을 뿜을 거예요. 저희는 벌써 어린이 축구 리그를 알아보고 있습니다. 쟤는 커서 운동선수가 될 거예요. 한 번 기다려 보시죠."

"내가 딸에게 바지를 입히고 남자애들과 놀게 내보내려고 했다면 우리 집사람은 날 죽였을 거야." 다른 파트너가 살짝 비꼬듯이 웃으면서 말했다. "자넨 운이 좋군. 한 번에 두 아이라니 잘했어."

"그러게 말입니다." 체스터는 다 계획대로라는 듯이 말했다.

"다른 딸과 같이 있는 노부인은 누구지?" 첫 번째 파트너가 루이즈 쪽을 고갯짓으로 가리키며 물었다. "유모인가? 뭐랄까 조금. 자라는 여자애 둘을 늘상 쫓아다니자면 지치지 않을까?"

"지금까지는 아주 잘해 주고 있습니다." 체스터는 말했다.

"흠, 잘 지켜보라고. 왜 노부인들에 대해서 하는 말 있잖아. 까딱하다간 저 사람이 아이들을 돌봐 주는 게 아니라 자네들이 저 사람을 돌봐 주게 된다고."

체스터는 버거를 하나 더 뒤집고, 아무 말도 하지 않았다.

마당 반대편, 설탕 가루를 뿌린 우아한 케이크 근처에서는 세레나가 구구거리는 사교계의 아내들 집단 한가운데에 있었는데, 이렇게 편안했던 적도, 이렇게 세상에서 제자리를 찾은 기분이 든 적도 없었다. 아이들, 그게 답이었다. 재클린과 질리언이 세레나와 진정한 사교적 성공 사이를 가로막던 마지막 문을 열어 줬다. 그녀는 주로 재클린 덕이라고 느꼈다. 그 아이는 어린 숙녀의 모범 그 자체였고, 조용하고 상냥한 데다 해가 갈수록 더 예의 발랐다. 두 아이가 어찌나 다른지, 가끔은 질리언이 여자애라는 사실도 잊을 정도였다!

같이 일하는 여자 몇 명은 세레나가 재클린의 영역을 강제하는 방식을 불편하게 여겼다. 주로 그 아이를 '잭'이라고 부르면서 젖은 풀밭에서 계란을 찾아보라거나, 재클린의 드레스에 털을 묻히고 더럽힐 낯선 개를 쓰다듬어 보라거나 하는 여자들이었다. 세레나는 그 여자들의 낌새를 눈치 채고는, 차분하고 조용히 자신이 통제하는 다양한 초청객 목록에서 그들의 이름을 아래쪽으로 내렸다. 아예 목록에서 떨어져 나갈 때까지. 그 후에 남은 사람들은 재빨리 그녀의 뜻을 이해했고, 조금이라도 비판 같은 말은 하지 않았다. 사교계에서 자리를 잃게 된다면 의견을 내서 좋을 게 있을까? 없었다. 입을 다물고 선택지를 열어 두는 게 더 나았다. 그게 세레나가 늘 하는 말이었다.

그녀는 마당을 둘러보며 재클린이 어디 있는지 찾았다. 질리언은 쉽게 찾을 수 있었다. 늘 그렇듯이 가장 불쾌한 혼돈의 중심에 있었다. 재클린을 찾기는 그보다 어려웠다. 마침내 세레나는 루이즈의 그림자에 서서 할머니에게 바싹 붙어 있는 아이를 찾아냈다. 마치 할머니만이 자신을 지켜 주리라 믿는 듯한 모습이었다. 세레나는 얼굴을 찌푸렸다.

파티는 성공이라면 성공이었다. 케이크도 먹었고, 선물도 개봉했고, 트램펄린도 뛰었고, 무릎이 두 개 까졌고(각기 다른 두 아이였다), 드레스 하나가 망가졌고, 너무 흥분한 아이 하나가 화장실까지 가지 못하고 복도에 딸기 아이스크림과 바닐라 케이크를 다 토해 놓았다. 밤이 왔을 때, 재클린과 질리언은 안전하게 방에 들어갔고 루이즈는 주방에서 차를 한 잔 준비하고 있었다. 등 뒤에서 발소리가 들렸다. 루이즈는 동작을 멈추고, 돌아서서 얼굴을 찌푸렸다.

"얼른 말하려무나. 질이 잘 자라는 키스를 받으려고 왔을 때 내가 방에 없으면 얼마나 야단인지 너도 알잖니."

"그 아이 이름은 질리언이에요, 어머니. 질이 아니라요." 체스터가 말했다.

"아무렴." 루이즈는 말했다.

체스터는 한숨을 쉬었다. "일을 괜히 더 어렵게 만들지 마세요."

"정확히 무슨 일 말이냐?"

"저희 아이들을 돕느라 보내신 모든 시간에 대해 감사드리고 싶어요." 체스터는 말했다. "처음에는 아이들을 감당하기 힘들었어요. 하지만 이젠 저희가 알아서 할게요."

'다섯 살은 감당하기 힘든 일이 끝나는 나이가 아니란다, 아들아.' 루이즈는 그렇게 생각했지만, 이렇게만 말했다. "그럴까?"

"네." 세레나가 말했다. "이제까지 해 주신 모든 일에 정말 감사드려요. 어머님도 쉬실 자격이 있지 않겠어요?"

"친자식처럼 사랑하는 아이들을 돌보는 일은 전혀 피곤하지 않아." 루이즈는 말했지만, 이미 진 싸움이었고 스스로도 그 사실을 알았다. 그녀는 지금까지 최선을 다했다. 두 아이 모두에게 자기 자신이 되라고 권했고, 부모가 해가 갈수록 더 공들여 그려 내는 완고한 역할 상을 추종하지 않도록 하려 했다. 여자애로 사는 방법에는 수백, 수천, 수백만 가지 방법이 있으며 그 어떤 길도 괜찮다고, 둘 다 아무것도 잘못하고 있지 않다고 알려 주려고 했다. 노력은 했다.

여기에 그녀의 아들 부부가 있는 이상, 루이즈의 노력이 성공했는지 아닌지는 사실 핵심이 아니었다. 이제 그녀는 세상에서 가장 편협하고 얄팍한 시선을 하고서 제 자식들에 대해 조금도 시간 들여 파악하지 않는 두 사람의 손에, 그 귀한 아이들을 맡기고 떠나야 했다. 그들은 질리언이 용감한 건 재클린이 언제나 뒤에서 혹시나 일어날 상황에 조심스럽게 대비하고 있기 때문이라는 사실을 몰랐다. 그들은 재클린이 소심한 건 이 세상이 동생을 대하는 모습을 지켜보는 게 재미있고, 물보라가 튀기지 않는 곳에서 보는 풍경이 더 좋다고 생각하기 때문이라는 사실을 몰랐다.

(그들은 재클린에게 손을 더럽히는 데 대한 공포증이 조금씩 생기고 있다는 사실도 몰랐다. 부부가 나이에 맞지 않게 장식이 많은 드레스를 입혀 놓고서 끊임없이 드레스를 조심하라고 잔소리한 덕분이었다.)

"어머니, 제발요." 체스터가 말했고, 그것으로 끝이었다. 루이즈는 졌다.

루이즈는 한숨을 내쉬고 물었다. "내가 언제 떠났으면 좋겠니?"

"애들이 깼을 때 안 계시면 제일 좋겠어요." 세레나가 말했고, 그렇게 끝이 났다.

루이즈 월콧은 손녀들의 삶에 쉽게 스며든 만큼 쉽게 빠져나갔고, 생일 카드와 가끔은 선물을 보내는(대부분 그 선물들은 아들 부부가 몰수했다) 먼 이름이 되었으며, 결국 어른들은 하나도 믿을 게 못 된다는 결정적이고 반박할 수 없는 또 한 번의 증거가 되었다. 아이들에게는 배워야 할 더 지독한 교훈들이 남아 있었다.

그래도 이 교훈을 명심했다면 그들의 인생을 구할 수도 있었으련만.

아이들은

너무 빨리 자란다

여섯 살은 유치원에 갈 나이였다. 재클린은 매일 프릴 드레스를 입는 여자애들은 착한 척만 할 뿐 믿어선 안 될 존재임을 알았고, 질리언은 바지를 입고 남자애들과 뛰어다니는 여자애들은 별나고 이상한 아이라는 사실을 알았다.

일곱 살은 1학년이었다. 질리언은 자신에게 세균이 있고 냄새가 나며 아무도 같이 놀고 싶어 하지 않는다는 사실을 알았고, 재클린은 사람들의 호감을 사고 싶으면 미소지으면서 신발이 마음에 든다고만 하면 된다는 사실을 알았다.

여덟 살은 2학년이었다. 재클린은 예쁘기만 하면 아무도 똑똑하기를 기대하지 않는다는 사실을 알았고, 질리언은 자기가 입은 옷에서부터 즐겨 보는 프로그램에 이르기까지 모든 것이 잘못되었음을 알았다.

"그렇게 모자란 동생을 두다니 참 *끔찍하겠다.*" 같은 반 여자애들은 재클린에게 그렇게 말했는데, 재클린은 동생을 두둔해야 한다고 느꼈지만 그럴 방법을 몰랐다. 부모님은 재클린에게 의리를 지킬 도구를 하나도 주지 않았다. 방어할 방법도, 맞설 방법도, 심지어는 주저앉을 방법도 없었다(주저앉았다간 드레스가 헝클어질 터였다). 그래서 재클린은 이상하다는 이유로, 그리고 상황을 어렵게 만들었다는 이유로 질리언을 조금 미워했다. 그동안 내내 두 아이에겐 선택권이 없었고 부모님이 대신 선택했다는 사실은 무시했다.

"그렇게 예쁜 누나가 있어서 참 좋겠다." 같은 반 남자애들은 질리언에게 그렇게 말했다(적어도 아직 질리언에게 말을 거는 아이들은 그랬다. 세균 주사를 맞고, 여자애들이란 장식용으로는 좋다는 사실을 깨달아 가는 아이들이었다). 질리언은 혼자 고민하며, 어떻게 자매 둘이 얼굴도 같고 침실도 같고 살기도 같이 사는데 하나는 '예쁜 애'고 다른 하나는 그냥 질리언이 될 수 있는지 이해해 보려고 했다. 그것도 아무도 원하지 않고 무시하는 데다 점점 더 '톰보이' 역할에서 밀려나서 '괴짜' 역할이 되어 가는 질리언이라니.

밤이면 두 아이는 나란히 놓인 좁다란 침대에 누워서 서로에게 오직 친동기 간에만 가능한 뜨겁고 열렬한 미움을 품었고, 둘 다 서로가 가진 것을 원했다. 재클린은 뛰고, 놀고, 자유로워지고 싶었다. 질리언은 사랑받고, 예뻐지고 싶었으며 언제나 움직여야 한다는 강요에서 벗어나서 가만히 보고 듣고 싶었다. 둘 다 사람들이 다른 누군가가 만들어 낸 개념이 아닌 그들의 진짜 모습을 제대로 *봐주길* 원했다.

(한 층 아래에서 체스터와 세레나는 자기들의 선택에 전혀 괴로워하지 않고 평화롭게 잤다. 그들에겐 딸이 둘 있었다. 원하는 대로 어떤 틀에나 집어넣어도 되는 여자애가 둘 있었다. 그들은 여자애란 어때야 하는지—사람은 어때야 하는지—에 대한 편협한 생각을 강요하는 것이, 아이들에게 해가 될지 모른다는 생각은 꿈에도 하지 않았다.)

두 아이가 열두 살이 되었을 때쯤에는, 만나는 사람마다 그 둘에 대해 빠르고 부정확하게 판단할 수 있었다. 재클린은—절대로 잭이 아니었다. 잭은 짧고 날카롭고 매서운 칼날 같은 이름이었고, 소녀에게 어울리는 풍성한 프릴과 장식 느낌이 없었다— 말이 빠르고 성질이 급했으며, 학교에서는 그녀의 호감이라는 덧없는 온기를 쬐기 위해 몰려드는 아첨꾼들에게 둘러싸여 지냈다. 교사들은 대부분 재클린이 겉보기보다 영리하다고 생각했으나, 사실상 누구도 그 영리함을 끌어낼 수는 없었다. 재클린은 지저분해지는 것을 너무나 두려워해서, 손가락에 연필 얼룩을 묻히지도 못하고 캐시미어 스웨터에 분필 가루를 묻히지도 못했다. 마치 머릿속도 빨 수 없는 드레스와 비슷할까 봐 두려워하는 것 같았다. 나중에 인정받지 못할 수도 있는 사실들로 머릿속을 더럽히기 싫다는 듯한 태도였다.

(세레나의 위원회 동료 여자들은 세레나한테 얼마나 행운이냐, 얼마나 운이 좋으냐 말하고 나서는, 딸들을 데리고 집에 가서 파티 드레스를 청바지로 바꿔 입혔다. 재클린 월콧에게 그런 선택지가 존재하지 않을 거라고는 생각도 못 했다.)

질리언은 머리 회전이 빨랐고 성질은 급하지 않았으며,

남을 기쁘게 해 주고 싶어 했고 언제나 이어지는 거절과 거부에 아파했다. 여자애들은 질리언과 아무것도 하지 않으려 했고, 남자애들과 너무 오래 뛰어놀아서 지저분하다고 말했다. 질리언은 남자애가 되고 싶은 거라고, 그래서 드레스를 입지 않는 거라고, 그래서 머리도 짧게 자른 거라고 했다. 사춘기의 벼랑 끝에 선 데다가 자기들 나름대로 서로 충돌하는 바람에 사방을 포위당한 남자애들 역시 질리언과는 아무것도 하고 싶어 하지 않았다. 질리언은 키스할 만큼 예쁘지 않았고(그래도 몇 명은 학교에서 제일 예쁜 여자애와 똑같이 생겼는데 어떻게 그럴 수 있냐는 의문을 던지기는 했다), 그렇지만 여전히 여자애이기는 했고, 부모님은 여자애들과 놀면 안 된다고 했다. 그래서 그들은 하나씩 그녀를 잘라 냈고, 질리언은 다가온 세상에 어리둥절하고 겁먹은 채 혼자 남겨졌다.

(체스터의 회사 파트너들은 그에게 얼마나 운이 좋으냐, 얼마나 행운이냐고 말하고는, 집에 가서 딸아이들이 직접 고른 놀이를 하며 뒷마당을 뛰어다니는 모습을 보았다. 질리언 월콧에게 무슨 활동을 할지 고를 발언권이 없을지도 모른다는 생각은 해 보지도 않았다.)

두 아이는 여전히 같은 방을 썼다. 둘 사이의 공간은 언제든 폭발할 태세인 억울함과 체념의 지뢰밭이었지만, 그래도 두 아이는 아직 서로의 친구였다. 해가 갈수록 한 때는 둘이 둘만의 세계를 이루었다는 사실도, 둘 다 지금 같은 생활 패턴을 선택한 게 아니라는 사실도 기억하기가 힘들어졌다. 모든 것이 남들 뜻으로 정해졌지만, 그건 중요하지 않았다. 부지런한 정원사가 형태를 다듬어 놓은 분재처럼, 두 아이는 부모의 욕망이라는 도형에 맞게 성장했고, 그 사실이 서로를 점점 더 멀어지게 만들었다. 어쩌면 언젠가는 한 명이 둘 사이의 틈 너머로 손을 내밀었다가 그곳에 아무도 없다는 사실을 알게 될지 몰랐다.

둘 다 그런 때가 오면 어떻게 할지 알지 못했다.

이 이야기가 정말로 시작되던 날, ―그야, 지금까지는 하나도 시작점 같지 않았을 것이다! 여기까지는 모두 배경이었고, 앞으로 벌어질 일에 대한 설명이자 변명이었다. 이는 번개에 천둥소리가 뒤따르듯이 피할 수 없는 전개였다― 그날은 비가 내렸다. 아니, 비가 내리는 정도가 아니었다. 태초의 홍수처럼 하늘에서 물을 퍼부어 댔다. 재클린과 질리언은 자기들 방, 각자의 침대에 앉아 있었고 방 안에는 분노와 더불어 비명이나 다름없는 침묵이 가득했다.

재클린은 패셔너블한 소녀들이 패셔너블한 학교에서 패셔너블한 모험을 하는 책을 읽으면서, 이보다 더 지루할 수 있을까 생각했다. 가끔 눈을 가늘게 뜨고 창문에 시선을 던지며 비를 노려보기도 했다. 하늘만 맑았더라면, 길을 걸어서 친구인 브룩의 집에 갈 수도 있었을 텐데. 그러면 둘이 서로의 손톱을 칠해 주면서 남자애들 이야기를 할 수 있을 터였다. 재클린에게는 설거지물처럼 재미있다가도 따분한 화제였지만, 브룩은 언제나 지칠 줄 모르는 열정을 품고 이야기를 꺼냈다. 어쨌든 그것은 뭐라도 하는 시간이긴 했다.

원래 축구 연습으로 하루를 보낼 작정이었던 질리언은 침대 옆 바닥에 앉아 있었는데, 회색 구름이 방 저편으로 번지는 느낌이 날 정도로 맹렬하게 맥이 빠져 있었다. 아래층에 내려가서 텔레비전을 볼 수도 없었고—TV는 4시 전에는 금지였고, 주말에도, 비 오는 날이라 해도 마찬가지였다— 벌써 다섯 번은 읽은 책 빼고는 읽을 책도 없었다. 재클린의 패셔너블한 소녀 책을 한 권 읽어 보려고도 했지만, 작가가 모두의 머리 모양을 공들여 묘사하는 온갖 방법에 금세 질려 버렸다. 어떤 이야기는 지루함보다 더 나쁠 수 있었다.

질리언이 15분 동안 다섯 번째로 한숨을 내쉬자, 재클린이 책을 내려놓고 방 건너편을 노려보았다. "뭐야?" 재클린이 물었다.

"심심해." 질리언이 애절하게 말했다.

"책 읽어."

"다 읽은 책밖에 없어."

"내 책을 읽어."

"네 책은 마음에 안 들어."

"가서 텔레비전을 봐."

"한 시간은 더 있어야 볼 수 있어."

"레고를 가지고 놀아."

"그럴 기분이 아니야." 질리언은 무거운 한숨을 내쉬고, 머리를 뒤로 젖혀서 침대 가장자리에 기댔다. "심심해. 아주 아주 심심해."

"'아주'라는 말을 그렇게 많이 쓰면 안 돼." 재클린은 어머니를 흉내 내며 말했다. "그건 뜻도 없는 말이야. 그런 말은 필요 없어."

"하지만 사실인걸. 난 아주 아주 아주 심심해."

재클린은 망설였다. 질리언이 저러면 기다리는 게 답일 때도 있었다. 시간이 지나면 뭔가에 정신이 팔리고, 그러면 평화가 돌아오니까. 그런가 하면 할 일을 주는 것만이 유일한 해결책일 때도 있었다. 할 일을 제공해 주지 않으면 질리언이 '직접' 뭔가를 찾아낼 테고, 그 일은 보통 시끄럽고 지저분하고 파괴적이었다.

"뭘 하고 싶은데?" 결국 재클린은 물었다.

질리언이 희망이 담긴 곁눈질을 던졌다. 쌍둥이 자매가 기꺼이 몇 시간씩 같이 놀아 주던 나날은 오래전에 사라졌다. 작년 여름에 아버지와 함께 카니발 스크램블러(회전하는 놀이기구의 일종-옮긴이 주)를 타러 갔을 때 썼던 야구 모자처럼 말이다. 그때는 바람이 모자를 빼앗아 갔지만, 술래잡기나 상상놀이나 아무튼 어머니가 단정치 못하다고 말하는 놀이를 하려는 재클린의 마음은 시간이 빼앗아 갔다.

"다락방에서 놀면 어떨까." 마침내 질리언은 자매가 승낙하기를 비는 마음을 감추려 애쓰면서 수줍게 말했다.

희망을 품어 봐야 아프기만 할 뿐이었다. 희망은 질리언이 세상에서 제일 싫어하는 것이었다.

"거미가 있을 수도 있는데." 재클린은 말하면서 코를 찡그렸다. 정말로 거미가 싫어서라기보다는, 여자애가 거미를 보면 싫어해야 한다는 지식 때문에 하는 행동이었다. 사실은 거미가 제법 매력적이라고 생각했다. 거미는 매끈하고 깨끗하고 우아한 데다가, 거미집을 망쳐 놓아도 뜯어내고 다시 짓지 않던가. 사람들은 거미에게서 많은 것을 배울 수 있었다.

"거미가 나오면, 내가 널 지켜줄게." 질이 말했다.

"우리가 곤란해질 수도 있어."

"사흘 동안 내 디저트 줄게." 질이 말했다. 그러고도 재클린이 넘어오지 않자, 덧붙여서 말했다. "그리고 일주일 동안 너 대신 설거지할게."

재클린은 설거지를 싫어했다. 가끔 두 아이에게 떨어지는 잡일 중에서도 설거지가 최악이었다. 더러운 접시 자체도 싫지만, 설거지물은… 마치 직접 늪을 만든 후에 그 안에서 놀라는 것 같았다. "좋아." 재클린은 그렇게 말하고, 읽던 책을 단정하게 놓은 뒤 침대에서 내려갔다.

질리언은 용케 기쁨의 박수를 치지 않고 일어나, 자매의 손을 잡고 밖으로 끌고 나갔다. 모험을 할 시간이었다.

그게 얼마나 큰 모험이 될지는 짐작도 하지 못했다.

월콧 저택은 여전히 사는 사람 수에 비해 너무 컸다. 원하기만 한다면 재클린과 질리언이 각자 방을 따로 쓰고, 저녁 식사 때만 빼면 서로를 보지 않을 수도 있는 크기였다. 지난 1년간 두 아이는 다음 생일 선물이 각자의 방일까 봐 걱정했다. 방 하나는 분홍색, 하나는 파란색으로, 부모님의 실제 아이들이 아니라 부모님이 원하는 아이들에게 딱 맞는 방으로 말이다. 두 아이는 지난 몇 년간 각자에게 계획된 길을 따라가느라 점점 멀어졌다. 때로는 서로를 미워했고, 때로는 서로를 사랑했으며, 둘 다 방을 따로 쓰는 일이 결정타라는 것을 뼛속 깊이 알고 있었다. 그렇게 된다 해도 둘은 언제나 쌍둥이이고, 언제나 친자매일 것이다. 그러나 두 번 다시 친구가 될 수는 없을 것이다.

둘이 손을 잡고 계단을 올라가는 동안, 언제나 그랬듯이 질리언이 재클린을 끌고 앞장섰고, 재클린은 위험이 나타나면 동생을 뒤로 잡아당길 태세로 주위 모든 것을 살폈다. 둘 다 집안이 안전하다는 생각은 해 본 적도 없었다. 눈에 띈다면, 그러니까 부모님이 방에서 나왔다가 두 아이가 같이 집안을 이동하는 모습을 본다면 둘을 따로 떼어 놓을 터였다. 질리언은 뒷마당의 물웅덩이에서 놀라고 내보내고, 재클린은 방에 돌아가서 책이나 읽으며 아무것도 흐트러뜨리지 말고 조용히 앉아 있으라고 할 것이다.

어렴풋하기는 하지만 두 아이도 이제 부모님이 뭔가 잘못하는 것 같다고 느끼고 있었다. 둘 다 자기들에게 정해진 길과 비슷한 아이들을 알았다. 예쁜 드레스를 입고 얌전히 앉아 있기를 좋아하는 여자애들, 아니면 진흙탕과 고함치기와 공차기를 좋아하는 여자애들. 하지만 또한 드레스를 입고서 테더볼 코트를 공포에 떨게 하는 여자애들, 아니면 청바지에 운동화 차림을 하고 배낭에는 반짝이는 드레스 인형을 가득 넣고서 학교에 오는 여자애들도 알았다. 그런가 하면 깨끗한 상태를 좋아하거나, 앉아서 색칠하기를 좋아하거나, 배낭에 인형을 가득 넣고 온 여자애들과 구석에서 같이 노는 남자애들도 알았다. 다른 아이들은 뒤죽박죽으로 살 수 있었다. 지저분하면서 깨끗하고, 시끄러우면서 예의 바를 수도 있었는데, 재클린과 질리언은 꼭 하나만 유지해야 했다. 그게 아무리 어렵다 해도, 아무리 다른 식으로 살고 싶다 해도 그랬다.

그들의 부모가 자식에게 제일 좋은 일을 하지 않는다고 느끼는 것 자체가 불편한 일이었다. 이 집, 이 크고 완벽하게 정돈된 데다 방마다 깨끗하고 예술적으로 장식해 놓은 이 집이, 조금씩 조금씩 두 아이를 짓눌러 생명력을 뽑아낸다고 느끼는 것도 그랬다. 빠져나갈 길을 찾지 못하면 둘은 납작하고 얼굴도 없이, 부모님이 원하는 대로만 입는 종이 인형이 될 것 같았다.

계단을 다 올라가면 두 아이가 들어가선 안 될 문이 나오고, 그 문 안에는 그들이 기억해선 안 될 방이 있었다. 아이들이 어렸을 때 루 할머니가 살던 방이었다. 두 아이가 지나치게 버거워져서 할머니가 아이들을 사랑하는 방법을 잊어버리기 전까지의 일이다. (어쨌든 어머니는 그렇게 됐다고 말했고, 질리언은 그 말을 믿었다. 질리언은 사랑이 언제나 조건부라는 사실을 알았기 때문이다. 언제나, 언제나 함정이 있었다. 반면에 더 조용하고 그래서 생각보다 많은 것을 보는 재클린은 그 설명을 미심쩍어 했다.) 그 문은 언제나 잠겨 있었지만, 루 할머니가 떠난 이후 그 방 열쇠는 주방 잡동사니 사이에 던져져 있었고, 재클린이 일곱 살 생일에 조용히 훔쳐 냈다. 일곱 살이 되어서야 겨우, 이 집에 남을 정도로 그들을 사랑하지는 않았던 할머니를 기억해 낼 만큼 강해졌기 때문이다.

그 후부터 두 아이는 부모님에게서 숨을 곳이 필요할 때, 체스터와 세레나가 찾아볼 생각을 못 할 장소가 필요할 때마다 루 할머니의 방으로 숨어들었다. 그 방에는 아직 침대가 있었고, 열어 보면 할머니의 향수 비슷한 냄새가 나는 서랍장도 있었다. 할머니는 낡은 트렁크 하나를 벽장 속에 두고 갔는데, 그 안에는 손녀들이 할머니를 눈 높은 관객으로 두고 상상놀이와 패션쇼를 벌일 나이가 될 때까지 기다리려고 챙겨 두었던 옷가지와 모조 장신구가 가득했다. 두 아이가 할머니가 쭉 떠날 생각을 한 게 아니구나 믿게 된 것도 그 트렁크 때문이었다. 할머니가 그들을 사랑하는 방법을 잊었을 수도 있고 아닐 수도 있지만, 어쨌든 예전에는 여기 있으려고 했었다. 누군가 그들을 위해 남으려고 했었다는 사실에는 크나큰 의미가 있었다.

재클린이 잠긴 문을 열고 열쇠는 안전하게 주머니에 넣었다. 절대 뭔가를 잃어버리는 일이 없는 쪽이었기 때문이다. 질리언이 문을 열고 방 안에 먼저 들어가며 혹시 부모님이 숨어 있진 않은지 확인했다. 언제나 먼저 문지방을 넘어가는 쪽이었기 때문이다. 뒤이어 등 뒤로 문이 닫히고, 두 아이는 마침내 안전해졌다. 스스로 고른 역할 외에는 어떤 역할놀이도 할 필요 없이, 정말로 안전했다.

"해적 칼은 내 거." 재클린이 신이 나서 외치고 벽장을 향해 뛰어가더니, 트렁크 뚜껑을 잡고 위로 들어 올렸다. 그러고는 딱 멈추더니, 의기양양한 태도가 당혹감으로 바뀌었다. "옷이 다 어디 갔지?"

"뭐야?" 질리언이 옆으로 비집고 들어가서 트렁크 안을 보았다. 변장용 옷과 장신구가 다 사라지고, 그 안에는 어둠 속으로 내려가고 내려가고 또 내려가는 구불구불한 나무 계단이 들어 있었다.

루 할머니가 두 아이 곁에 남았다면 아이들도 동화책을 더 읽을 수 있었을 테고, 어떤 곳으로 가는 문을 열었다가 전혀 다른 곳으로 들어가게 된 아이들의 이야기를 좀 더 들을 수 있었을 것이다. 둘 다 스스로의 관심사에 따라 스스로의 방식으로 성장할 수만 있었다면, 앨리스, 피터, 도로시같이 길에서 벗어났다가 다른 누군가의 동화 나라에 빠지고 만 모든 아이들을 만날 수도 있었을 것이다. 하지만 동화는 세레나의 취향에 너무 살벌하고 폭력적이었고, 어린이 책은 체스터의 취향에 너무 안이하고 엉뚱했다. 그렇다 보니 못 믿을 노릇이지만, 재클린과 질리언은 원래 그곳에 있을 리 없는 문 안에 무엇이 도사리고 있을까 하는 질문에 노출된 경험이 없었다.

두 아이는 있을 수 없는 계단을 보았고, 너무 당황하고 들뜬 나머지 무서움도 느끼지 못했다.

"지난번에는 이런 거 없었는데." 질리언이 말했다.

"지난번에도 있었는데, 위에 쌓인 드레스 때문에 가렸을지도 몰라." 재클린이 말했다.

"그랬으면 드레스가 떨어졌겠지." 질리언이 말했다.

"바보 같은 소리 하지 마." 재클린이 말했다. 하지만 좋은 지적이었다. 그렇지 않은가? 트렁크 안에 언제나 계단이 있었다면, 루 할머니가 두 아이에게 남겨 준 모든 물건이 그 계단으로 떨어졌을 것이다. 아니면…. "뚜껑이 있는 거야." 재클린은 말했다. "바닥에도 뚜껑이 있었는데, 그게 열려서 전부 다 계단으로 떨어졌나 봐."

"아." 질리언이 말했다. "어떻게 하지?"

재클린은 이것이 그냥 수수께끼가 아니라는 사실을 희미하게 알아차렸다. 이것은 '기회'였다. 그들의 부모는 루 할머니의 오래된 벽장 속에 숨겨진 계단이 있다는 사실을 몰랐다. 알 수가 없었다. 그걸 알았다면 열쇠를 주방 잡동사니 서랍보다 훨씬 찾기 힘든 곳에 숨겼을 것이다. 계단은 몇 년 동안 아무도 밟지 않은 듯 먼지투성이였으니, 먼지를 끔찍하게 싫어하는 세레나가 이 계단의 존재를 모른다는 뜻이었다. 재클린과 질리언이 이 계단을 내려간다면 비밀스러운 곳으로 걸어 들어가는 셈이었다. 새로운 곳으로. 부모님은 본 적도 없고, 그러니 이해 못할 어른의 규칙으로 울타리칠 수도 없는 곳으로.

"루 할머니의 방을 망치지 않게, 가서 우리 옷을 다 찾아 모아야겠어." 재클린이 세상에서 가장 합리적인 일이라는 듯이 말했다.

질리언은 얼굴을 찌푸렸다. 쌍둥이 언니의 논리에 어딘가 수긍이 가지 않는 데가 있었다. 할머니 방에 숨어드는 건 괜찮았다. 루 할머니가 그들 둘을 사랑하지 않게 되어 사라지기 전까지만 해도 환영받던 방이니까. 여기는 할머니 방이면서 쌍둥이의 공간이기도 했다. 반면에 트렁크 속의 계단은… 그건 새롭고 낯설고 이질적이었다. 그 계단은 루 할머니의 것도 아니고, 쌍둥이의 것도 아니었다.

"난 잘 모르겠어…." 질리언은 조심스럽게 말했다.

만약 두 아이가 서로를 더 사랑하도록, 서로를 더 믿도록, 부모님의 한정된 사랑을 두고 경쟁하는 사이가 아닌 다른 존재로서의 서로를 보도록 키워졌다면, 그 순간 트렁크를 닫고 어른을 찾으러 나갔을 것이다. 두 아이가 어리둥절한 부모를 데리고 루 할머니의 방에 돌아와서 트렁크를 다시 열었다면, 어떤 비밀도 어떤 계단도 없이 그저 마구 쌓인 변장용 옷만 보였을 것이다. 그리고 마법적인 무엇인가가 사라질 때면 언제나 뒤따르는 혼란도 있었을 것이다. 아마도 말이다.

하지만 두 아이의 어린 시절은 그렇지가 않았다. 두 아이는 그렇게 살지 않았다. 두 아이는 동반자인 만큼이나 경쟁자였고, 부모님에게 말한다는 생각은 단 한 번도 하지 않았다.

"몰라, 난 갈 거야." 재클린이 단정하게 코웃음을 치며 말하더니, 트렁크 속에 다리를 넣었다.

생각보다 수월했다. 마치 트렁크가 안으로 들어오라 유혹하는 것 같았고, 계단이 내려오라 유혹하는 것 같았다. 재클린은 입구를 통과해서 몇 계단 내려가다가 손바닥 안쪽으로 드레스를 매만지고는, 어깨 너머를 돌아보며 물었다. "넌?"

질리언은 사람들이 언제나 생각하는 것만큼 용감하지 않았다. 사람들이 언제나 원하는 것만큼 무모하지도 않았다. 하지만 지금까지 줄곧 너는 용감하고 무모하다는 말을 계속 들었고, 너의 언니는 용감하지도 무모하지도 않다는 말도 계속 들었다. 그러니 모험을 해야 한다면, 재클린이 그녀를 빼고 가게 둘 수는 없었다. 질리언은 트렁크 안으로 발을 넣고, 서두르느라 굴러떨어지듯이 내려가서 재클린이 기다리는 계단 바로 위에 멈췄다.

"나도 같이 갈래." 질리언은 굳이 먼지를 털지 않고 벌떡 일어서면서 말했다.

이런 결과를 기대했던 재클린은 고개를 끄덕이고 질리언에게 손을 내밀었다.

"이래야 둘 다 헤매지 않지." 재클린이 말했다.

질리언은 고개를 끄덕이며 언니의 손을 잡았고, 두 아이는 같이 어둠 속으로 내려가고, 내려가고, 또 내려갔다.

트렁크는 두 사람이 듣지 못할 만큼 멀리 내려갈 때까지 기다렸다가 뚜껑을 빙글 돌려서 닫았다. 아이들을 안에 넣은 채, 예전 세상을 닫아 버렸다. 아이들은 둘 다 눈치채지 못하고 계속 내려가기만 했다.

어떤 모험은 쉽게 시작한다. 아무래도 토네이도에 휘말리거나, 특별한 거울에 빨려 들어가는 건 어려울 게 없으니까. 거대한 파도에 휩쓸리거나 토끼굴에 빠지는 데는 기술이 필요하지 않다. 그런 모험은 적극적인 마음과 세상의 틈에 걸려 넘어질 능력 외에는 아무것도 요구하지 않는다.

하지만 어떤 모험은 제대로 시작하기도 전부터 전념해야 한다. 모험에 착수할 이들에게 어느 정도의 노력을 요구하지 않는다면, 어떻게 자격 있는 이들과 자격 없는 이들을 가려내겠는가? 그런 모험은 잔혹한데, 그것이 친절을 베푸는 유일한 길이기 때문이다.

재클린과 질리언은 다리가 아프고 무릎이 꺾이고 입안

이 사막처럼 마를 때까지 계단을 내려갔다. 어른이었다면 몸을 돌려 왔던 곳으로 돌아갔을지도 모른다. 친숙한 것들이 있는 땅, 물이 쏟아지는 수도꼭지가 있고, 안전하고 평평한 표면이 있는 곳으로 후퇴하려 했을지도 모른다. 그러나 둘은 아이들이었고, 아이의 논리는 올라가는 것보다 내려가는 것이 더 쉽다고 여겼다. 아이의 논리는 집에 가고 싶다면 언젠가 다시 빛을 향해 올라가야 한다는 사실을 무시했다.

반쯤 내려갔을 때(물론 두 아이는 그 사실을 몰랐다. 매 계단이 마지막 계단 같았다), 질리언이 미끄러져 넘어지면서 재클린의 손을 놓쳤다. 질리언은 말로 표현할 수 없는 날카로운 비명을 지르며 굴러떨어졌고, 재클린은 그 뒤를 쫓아 내려갔다. 둘은 가끔 나오는 층계참에서야, 멍들고 약간은 정신이 아득해진 채 서로를 끌어안았다.

"돌아가고 싶어." 질리언이 훌쩍거렸다.

"왜?" 재클린이 물었다. 멋진 답이 나오지 않았기에, 그들은 계속 아래로 아래로 내려갔다. 아래로 아래로 내려가다가 나무뿌리가 뒤엉킨 흙벽을 지나쳤고, 또 아래로 아래로 내려가다가 동화만큼 오래전에 지구를 걸었던 짐승들의 거대한 하얀 뼈가 보이는 벽도 지나쳤다.

아래로 아래로 아래로 내려가는 어린 두 소녀는 이보다 더 다를 수가 없고, 이보다 더 같을 수가 없었다. 얼굴은 똑같았고, 똑같이 폭풍이 지나간 후의 하늘처럼 파란 눈으로 세상을 보았다. 어둑한 계단에서 빛을 발하듯 보이는 밝은 금발도 똑같았는데, 다만 재클린의 머리카락은 돌돌 말린 컬을 길게 늘어뜨렸고 질리언의 머리카락은 짧게 잘라서 귀와 우아한 목선이 드러나 보였다. 둘 다 멈춰설 때나 움직일 때나 언제든 지적받을 수 있음을 안다는 듯이 조심스러웠다.

아래로 아래로 아래로 내려가던 두 아이는 마지막 계단에서 발을 떼고, 벽에 뼈와 나무뿌리가 박혀 있는 작고 둥근 방에 들어섰다. 방 안에는 크리스마스가 일찍 오기라도 한 것처럼 주렁주렁 하얀 불빛이 달려 있었다. 재클린은 그 불빛을 보면서 광산의 불빛과 지하의 어두운 곳들을 생각했다. 질리언은 그 불빛을 보면서 귀신들린 집이며 주는 것보다 빼앗는 것이 많은 곳들을 생각했다. 둘 다 몸을 떨며 서로에게 바싹 붙었다.

문이 하나 있었다. 작고 수수한 문이었고, 사포질도 가

공도 하지 않은 소나무로 만든 문이었다. 어른 눈높이에 팻말이 하나 걸렸는데, 나무를 지져서 새긴 듯한 글자로 '확신하라'라고 적혀 있었다.

"뭘 확신하라는 거야?" 질리언이 물었다.

"문을 열면 뭐가 있는지를 확실히 보고 싶으냐는 것 같은데." 재클린이 말했다. "달리 갈 길이 없어."

"다시 올라갈 수도 있어."

재클린은 심드렁한 눈으로 질리언을 보았다. "난 다리가 아파. 게다가 넌 모험을 원하는 줄 알았는데. '문을 하나 찾아내긴 했는데 마음에 안 들어서, 문을 열면 뭐가 나오는지 보지 않고 돌아갔다'는 모험이 아니야. 그건… 그건 도망치는 거야."

"난 도망 안 쳐." 질리언이 말했다.

"좋아." 재클린이 말하고, 문고리에 손을 뻗었다.

잡기도 전에 문고리가 돌아가더니, 문이 열리면서 두 아이 다 평생 처음 보는 믿기 힘든 풍경이 모습을 드러냈다.

들판이었다. 큰 들판, 거의 영원히 뻗어 나가는 것처럼 보일 정도로 큰 들판이었다. 그리고 그 들판이 더 뻗어 나가지 않는 이유는 오직 바다처럼 보이는 물과 부딪쳐서였다. 짙은 청회색 바다가 지독한 바위투성이 바닷가에 달려들고 있었다. 두 아이 다 '무어(moor, 특히 잡초와 히스가 뒤덮인 고지대 황무지를 가리키는 말-옮긴이 주)'라는 단어를 몰랐지만, 그 단어를 알았다면 보자마자 '무어로구나' 생각했을 것이다. 여기는 다른 모든 무어의 기원이 된, 플라톤적인 의미에서 유일한 이상향의 무어였다. 땅바닥에는 낮게 자란 관목들과 밝은색의 꽃잎을 단 꽃들이 흐드러지게 자랐다. 꽃들은 파란색, 오렌지색, 자주색 등 있을 수 없는 색깔의 향연이었다. 질리언은 작게 놀라고 기쁜 소리를 내지르며 걸어 나갔다. 뒤에 남겨지고 싶지 않았던 재클린도 따라갔다.

등 뒤에서 문이 쾅 닫혔다. 둘 다 눈치채지 못했다. 아직은 아니었다. 그들은 거대한 핏빛 달이 지켜보는 가운데 웃으면서 꽃 사이를 뛰어다니기 바빴다.

그들의 이야기가 드디어 시작되었다.

2
질과 잭이 어둠 속으로

시 장 으 로,

닭
을
사 러
통 통 한 시 장 으 로

질리언과 재클린은 야생 동물처럼 꽃 사이를 뛰어다녔다. 그리고 그 순간, 그 짧고 빛나는 순간만은, 부모님은 멀고 먼 곳에서 딸들이 무엇을 하고 있는지 모르고, 무어스에 사는 사람들이 아직 두 아이의 존재를 모르는 지금만큼은, 하고 싶은 일은 뭐든 할 수 있는 야생 동물이 맞았다. 그들이 하고 싶어 한 일은 *달리기*였다.

재클린은 평생 분의 달리기를 이 순간을 위해 아껴 두었다는 듯이 달렸다. 여기에는 재클린을 보거나, 잔소리를 하거나, 교양 있는 여자는 그렇게 행동하지 않는다고, 앉으라고, 천천히 움직이라고, 그러다간 드레스를 찢겠다고, 타이츠에 얼룩이 지겠다고, *착하게* 굴라고 말할 사람이 없었다. 무릎에는 풀물이 들고 손톱에는 진흙이 묻었으며 나중에는 둘 다 후회할 줄 알았지만, 지금만큼은 아무래도 좋았다. 재클린은 드디어 달리고 있었다. 드디어 자유였다.

질리언은 좀 더 느리게 달렸다. 꽃을 밟지 않으려고 조심했고, 눈을 크게 뜨고 있다가 주변이 보고 싶어지면 속도를 늦췄다. 아무도 더 빨리 뛰라고, 더 열심히 뛰라고, 공만 보라고 말하지 않았다. 아무도 이게 경쟁이라고 하지 않았다. 질리언은 몇 년 만에 처음으로 순전히 달리는 게 즐거워서 달렸고, 발이 걸려서 꽃 사이에 넘어질 때도 웃으면서 넘어졌다.

그러다가 등을 돌려 누웠더니 웃음소리가 멈췄다. 휘둥그레진 눈으로 거대한 루비 눈 같은 달을 올려다보고 있으려니 웃음이 목구멍에서 말라 버렸다.

달을 본 경험이 있는 사람들이라면 질리언이 무엇을 보았는지 안다고 생각할지도 모르겠다. 질리언 위 하늘에서 빛나는 달을 그릴 수 있다고 생각할지도 모르겠다. 달은 천체 중에서 가장 친근하고, 언제나 따뜻하고 하얀 빛으로 반갑게 빛나는 거니까. 그저 우리 모두가 우리의 좁은 세계, 우리의 좁은 마당, 우리의 좁고 심사숙고한 삶 속에서 안전한지만 알고 싶어 하는 친구 같은 존재니까.

달은 걱정한다. 우리가 그걸 어떻게 아는지는 몰라도, 우리는 그 사실을 안다. 달이 지켜본다는 사실, 달이 걱정한다는 사실, 그 어떤 경우라도 달은 언제나 우리를 사랑한다는 사실을.

지금 이 달도 지켜보고는 있었지만, 쌍둥이를 평생 지켜보았던 깨끗하고 편안한 달과 닮은 구석이라곤 그것뿐이었다. 이 달은 거대했고, 어쩐지 반짝이는 수많은 별들에게 둘러싸여 밤하늘에 박혀 있는 루비처럼 새빨갰다. 질리언은 살면서 그렇게 많은 별을 본 적이 없었다. 그래서 달만이 아니라 별들도 멍하니 응시했다. 게다가 이 달은 전에 느껴본 적 없을 만큼 집중해서 강렬하게 질리언을 보고 있는 것 같았다.

서서히 달리기에 싫증이 난 재클린은 꽃밭에 누운 자매 곁에 가서 앉았다. 질리언이 소리 없이 위를 가리켰다. 재클린은 위를 올려다보고 얼굴을 찌푸렸다. 갑자기 마음이 어수선했다.

"달이 이상하네." 재클린이 말했다.

"빨간색이야." 질리언이 말했다.

"그게 아니야." 재클린은 지금까지 얌전히 앉아라, 시끄러운 놀이보다는 책을 읽어라, 지켜만 봐라 소리를 들으며 살아온 아이였다. 아무도 재클린에게 똑똑해야 한다고 요구하지 않았는데, 넓게 보면 그건 좋은 일이었다. 어머니는 멍청한 여자애들이 영리하고 고집스러운 여자애들보다 더 매력적이라고, 그러니 너도 차라리 조금 멍청한 쪽이 좋다고 요구했다. 영리함은 남자에게 어울리는 자질이었고, 얌전히 앉아서 조심하는 데엔 방해만 됐다.

그래서 재클린은 자기만의 영리함을 찾아냈다. 침묵의 섬에 고립된 채로도 그곳에서 영리함을 끌어냈고, 착하고 조용하고 참을성 있게 살 때 자연스럽게 생기는 빈틈들을 그 영리함으로 메꿨다. 이제 겨우 열두 살이라서, 아는 지식에 한계는 있었으나….

"달이 저렇게 크면 안 돼." 재클린은 말했다. "저렇게 크기엔 너무 멀리 있어. 이렇게 가까워지면 중력 때문에 조수를 다 엉망으로 만들고 세상을 찢어 놓을 거야."

"중력이 그럴 수 있어?" 질리언은 겁에 질려서 물었다.

"그럴 수 있어. 달이 저렇게 가깝다면." 재클린은 일어서더니, 동생을 잡아 일으키려고 몸을 굽혔다. "우린 여기 있으면 안 돼." 달이 이상했고, 멀리 산맥이 있었다. 산맥이 말이다. 어째서인지 들판이 있고 아래에 바다가 있다는 데까지는 이상한 생각이 들지 않았지만, 산맥이라니? 그건 너무 심했다.

"문이 없어졌어." 질리언이 말했다. 머리카락에 자주색 잔가지를 머리핀처럼 꽂고 있었다. 예뻤다. 재클린은 예쁘다는 이유만으로 뭔가를 착용한 동생의 모습을 언제 보았는지 떠올릴 수가 없었다. "문이 없어졌으면 우린 어떻게 집에 가?"

"달이 이상해질 수 있다면, 문도 움직일 수 있어." 재클린은 확실히 알고 하는 말처럼 들리기를 빌면서 말했다. "그 문을 찾기만 하면 돼."

"어디에서?"

재클린은 머뭇거렸다. 앞에는 험악하게 폭풍우가 치는 넓은 바다가 있었다. 너무 가까이 가면 파도에 순식간에 휩쓸릴 터였다. 뒤에는 불길하고 험준한 높은 산맥이 있었다. 제일 높은 봉우리들에 성처럼 보이는 건물이 올라앉았다. 설령 그렇게 높은 곳까지 올라갈 수 있다 하더라도, 산비탈 높은 곳을 움켜쥔 손처럼 생긴 성에 사는 사람들이 길 잃은 어린 두 소녀에게 친절하리라는 보장은 없었다.

"왼쪽으로 갈 수도 있고, 오른쪽으로 갈 수도 있어." 마침내 재클린은 말했다. "네가 골라."

질리언의 얼굴이 밝아졌다. 재클린이 선택권을 주고, 질리언이 두 사람을 진흙탕이나 다른 소소한 재난에 곧장 끌고 들어가지 않을 거라고 믿어 준 게 언제인지 기억도 나지 않았다. "왼쪽." 질리언은 드넓고 위협적인 황야를 벗어나려고 언니의 손을 잡아끌었다.

재클린과 질리언이 떨어진 세계가 어떤 곳인지 이해하는 것이 중요하다. 정작 두 사람은 한동안 그곳을 제대로 이해하지 못할 테고, 어쩌면 영영 이해하지 못한다 해도 말이다. 설명하자면, 무어스는 이러했다.

무지개 위에 세워진 세계들이 있고, 빗발 위에 세워진 세계들이 있다. 순수한 수학으로 이루어져, 모든 숫자가 현실에 합쳐지면 수정 같은 소리를 내는 세계들도 있다. 빛으로 이루어진 세계들과 어둠으로 이루어진 세계들, 운율로 빚어진 세계들과 이성으로 빚어진 세계들, 그리고 오직 영웅의 선한 마음만이 중요한 세계들도 있다. 무어스는 그중 어디도 아니다. 무어스는 영원한 어스름 속, 낙뢰와 부활 사이의 쉼표 속에 존재한다. 그곳은 끝없는 과학 실험, 무시무시한 아름다움, 그리고 끔찍한 결과로 이루어진 세계이다.

산맥으로 방향을 틀었다면, 두 소녀는 눈과 소나무로 정제된 세상, 늑대들의 울부짖음이 밤을 찢고, 영원한 겨울의 지배자들이 용서를 모르는 손으로 지배하는 세상에 떨어졌을 것이다.

바다로 방향을 틀었다면, 두 소녀는 언제까지나 익사하는 순간에 붙들린 세상, 사이렌들의 노랫소리가 방심한 사람들을 죽음으로 꾀어내고, 반쯤 물에 잠긴 저택에 사는 지배자들이 무단 침입자를 잊지도 용서하지도 않는 세상에 떨어졌을 것이다.

하지만 두 소녀는 양쪽 다 가지 않았다. 그 대신 관목과 양치류가 가득한 땅을 걷다가, 가끔씩 멈춰 서서 본 적 없는 꽃을 땄다. 뼈처럼 희거나, 담즙처럼 노랗거나, 꽃잎 한가운데에 여자 얼굴 같은 것이 박힌 듯 보이는 꽃들이었다. 두 소녀는 더 걸을 수 없을 때까지 걷고는, 지쳐서 서로를 끌어안고 몸을 웅크렸다. 아래에 자란 풀은 멋진 매트리스가 되어 주었고, 위에 자란 식물들은 아무나 그들을 보지 못하게 가려 주었다.

달이 졌다. 해가 뜨면서 먹구름도 같이 불러 왔다. 종일 해가 먹구름 뒤에 숨어 있었기에, 하늘은 두 소녀가 도착했을 때보다 조금도 밝아지지 않았다. 산맥에서 늑대들이 내려오고 바다에서 입에 담을 수 없는 것들이 올라오더니, 모두가 잠든 아이들을 에워싸고 모여서 둘이 꿈꾸는 모습을 지켜보았다. 그 누구도 그 소녀들을 건드리려 하지는 않았다. 소녀들은 선택을 했다. 무어스를 선택했다. 그들의 운명, 그들의 미래는 정해졌다.

달이 다시 뜨자 산맥과 바다의 짐승들은 물러나고, 재클린과 질리언은 쓸쓸하고 고요한 세상에서 깨어났다.

질리언이 먼저 눈을 떴다. 질리언은 하늘에 걸린 빨간 달을 올려다보고는, 순식간에 두 번 놀랐다. 한 번은 달이 여전히 너무 가까워 보여서 놀랐고, 또 한 번은 자신이 아직 여기 있다는 사실이 놀랍지 않아서 놀랐다. 물론 이 모든 것이 진짜였다. 질리언도 나름대로 터무니없고 아름다운 꿈을 꾸곤 했지만, 이런 꿈은 없었다. 그리고 만약 꿈이 아니라면 진짜여야 했고, 진짜라면 당연히 쌍둥이 둘 다 여기에 있어야 했다. 진짜 공간은 잠깐 잤다고 없어지지 않았다.

옆에서 재클린이 약간 움직였다. 질리언은 언니를 돌아보고는, 재클린의 귓바퀴를 따라 천천히 움직이는 민달팽이를 보며 얼굴을 찌푸렸다. 재클린이 더러워졌다고 난리치기 시작하면 그들의 모험을 다 망쳐 버릴 터였다. 질리언은 그 어느 때보다도 조심스럽게 손을 뻗어서 언니 귀에 붙은 민달팽이를 집어다가 덤불 속에 던졌다.

돌아보니 재클린이 눈을 뜨고 있었다. "아직 여기 있네."

"응." 질리언이 말했다.

재클린은 일어서서 무릎에 든 풀물과 드레스 자락에 묻은 진흙을 보고 얼굴을 구겼다. 질리언은 자기 머리는 안 보일 테니 다행이라고 생각했다. 머리카락 꼴을 볼 수 있었다면 울었을지도 모른다고.

"문을 찾아야 해." 재클린이 말했다.

"응." 질리언은 그렇게 말했지만 진심은 아니었는데, 어쨌든 재클린이 손을 내밀자 잡았다. 지금 둘은 함께 있었고, 정말로 둘이 함께였고, 설령 그 시간이 계속될 수 없다 해도 이건 여전히 새롭고 기적적이었다. 사람들은 질리언에게 쌍둥이가 있다는 말을 들으면 언제나 태어나면서부터 절친한 친구가 있다니 얼마나 좋겠냐고 말했다. 그들에게 그게 얼마나 잘못된 생각인지 말해 줄 방법을 도무지 찾을 수가 없었다. 쌍둥이가 있다는 건 언제나 비교당하고 기대에 어긋나는 누군가가, 좋아해 줄 의무라곤 없는 누군가가 있다는 뜻이었다. 그리고 대개 쌍둥이는 서로를 좋아하지 않았다. 감정적인 애착은 위험하니까.

(질리언이 집에서의 생활을 어떻게 느끼는지 분명하게 표현할 수 있었다면, 어른에게 그런 이야기를 할 수 있었다면 상황이 완전히 달라졌을지도 모른다. 그러나 안타깝게도, 그랬더라면 질리언과 재클린은 무어스로 가는 문을 불러내는 데 꼭 필요한 원망과 모순 덩어리가 되지 못했을 것이다. 모든 선택은 그 후의 모든 선택을 먹여 살린다. 우리가 그런 선택을 원하거나 말거나.)

재클린과 질리언은 손에 손을 잡고 황야를 걸었다. 대화는 없었는데, 무슨 대화를 해야 할지 몰라서였다. 자매는 말을 배운 직후부터 편하게 대화한 적이 거의 없었다. 그래도 그들은 같이 있다는 사실에서, 이 여행을 혼자 하지 않는다는 사실에서 위안을 얻었다. 가까이 있다는 사실에서 위안을 얻었다. 반만 공유한 유년기를 보내고 나니, 그나마 그 정도가 서로 같이 있어서 즐거운 마음에 제일 가까웠다.

돌투성이 황야와 황무지가 으레 그렇듯, 여기도 땅바닥이 울퉁불퉁했다. 그들은 평평한 땅이 끝나는 곳에 이르렀고 잠시 동안 오르막을 걸었다. 언덕 꼭대기에서 흙이 파인 곳을 걷어찬 재클린은 멍이 든 채 놀라운 속도로 언덕 반대편까지 대굴대굴 굴러떨어졌다. 질리언은 언니 이름을 외치면서 손을 잡으려다가 같이 넘어졌다. 두 소녀는 붐비는 하늘에서 떨어진 별들처럼 언덕을 구르고 또 굴렀다.

무어스 같은 곳에서는, 그러니까 붉은 달이 하늘에서 내려다보며 이야기가 어떻게 흐를지 선택을 하는 곳, 여행자들이 어디로 갈지 결정하는 곳에서는, 길고 짧은 거리가 때로 정해진 법칙이라기보다 아이디어가 된다. 두 소녀는 갑자기 멈췄다. 재클린은 앞으로 엎어졌고, 질리언은 뒤로 자빠진 자세였으며 둘 다 속이 메슥거리고 머리가 빙빙 돌았다. 둘은 일어나 앉았고, 서로에게 손을 뻗어 눈을 가리는 잡초를 털어 내고는, 갑자기 앞에 나타난 벽을 보고 놀라서 입을 딱 벌렸다.

그 벽에 대해 한 마디 해야 할 것 같다.

저습지를 어슬렁대는 괴물도 거의 없고, 밤에 울부짖는 위어울프도 거의 없는 현대 세계. 우리는 그런 세계에 거주하면서 벽이 어떤 것인지 안다고 생각한다. 우리에게 벽은 방과 방 사이에 선을 긋는, 일종의 예의에 가깝다. 어떤 사람들은 아예 벽 없이 살기를 선택하고, 일명 '오픈 플로어 설계'가 된 집에서 산다. 사생활과 보호는 필수 요소라기보다는 이상이고, 바깥에 치는 벽은 벽이라기보다 울타리라고 하는 쪽이 어울린다.

하지만 이건 울타리가 아니었다. 이건 가장 오래되고 가장 진실한 의미에서의 '벽'이었다. 나무들을 통째로 잘라 내어 말뚝 형태로 깎아서 땅에 박아 넣었다. 그 나무들을 철과 손으로 짠 밧줄로 한데 묶었고, 사이사이 틈에는 콘크리트를 발랐는데, 그냥 돌로 만든 콘크리트가 아닌 듯 달빛을 받아 기묘하게 반짝였다. 군대가 달려든다 해도 뚫을 수 없는 벽이었다.

그 벽에 주위 관목지만큼이나 크고 무시무시한 문 하

나가 밤을 등지고 닫혀 있었다. 그 문을 보니, 열리기나 할까 아니 열 수 있기는 할까 의심스러웠다. 작동하는 무엇이라기보다는 과시용 장식 같았다.

"우와." 질리언이 말했다.

재클린은 추웠다. 멍도 들었다. 특히 *더러워졌다*는 점이 최악이었다. 재클린은 그냥, 이제 질렸다. 그래서 덤불을 벗어나서 씩씩하게 벽 주위의 단단하게 다져진 흙을 밟고 걸어가, 말랑말랑한 어린아이 손으로 가능한 한 세게 그 문을 두드렸다. 질리언이 헉 하더니 재클린의 팔을 잡고 뒤로 끌어당겼다.

하지만 이미 일은 터졌다. 문이 끼익 열리더니, 한가운데가 갈라지면서 중세풍의 안뜰을 드러냈다. 중앙에는 분수가 있었는데, 긴 망토를 걸친 인간 모습의 청동과 강철 조각상이 생각에 잠긴 눈으로 높은 산맥을 보고 있었다. 아무도 움직이지 않았다. 그곳은 사람이 살지 않는 곳, 버려진 곳이었고 그 풍경을 보자 질리언의 심장에 두려움이 들어찼다.

"우린 여기 있으면 안 돼." 질리언이 중얼거렸다.

"맞는 말이다. 아마 여기 있으면 안 될 거야." 남자 목소리였다. 두 소녀 다 비명을 지르며 펄쩍 뛰었다가 홱 돌아 보니, 분수대에 있던 남자가 두 아이 뒤에 서 있었다. 그는 마치 자신의 정원을 기어 다니는 이상하고 새로운 곤충이라도 발견했다는 눈으로 두 아이를 보았다.

"하지만 너희는 여기 있지." 남자는 계속해서 말했다. "그렇다면, 내가 너희를 처리해야 할 것 같구나."

재클린은 질리언의 손을 찾아서 꽉 쥐었고, 두 아이는 말도 못할 공포에 사로잡힌 채 낯선 남자를 쳐다보았다.

남자는 키가 컸다. 지금까지는 늘 그들의 세상에서 제일 높은 지점이었던 아버지보다 더 컸다. 잘생기기도 영화에서 나온 것처럼 잘생겼다. (다만 재클린은 그렇게 창백하거나, 그렇게 차가운 하얀 재료로 깎아 낸 것 같이 생긴 영화 스타를 본 적이 없었다.) 머리카락은 아주 새까맸고, 눈동자는 잭오랜턴(핼러윈의 상징으로 흔히 볼 수 있는, 호박 머리에 눈코입이 뚫린 모습의 유령-옮긴이 주) 같은 오렌지빛이었다. 가장 놀라운 부분은 새빨간 입이었는데, 마치 빨간 칠을 하거나 립스틱을 바른 것 같았다.

입술과 똑같이 새빨간 망토 안감에 머리카락과 똑같이 새까만 수트를 입고, 그는 인간 같지 않을 정도로 완벽하게 움직임 없이 서 있었다.

"죄송합니다. 들어가면 안 되는 곳에 갈 마음은 없었어요." 질리언이 말했다. 몇 년 동안 용감하게 굴 줄 아는 척하며 살아온 탓이었다. 하도 그런 척에 애를 쓰다 보니 가끔은 그게 거짓말이라는 사실도 잊었다. "아직 우리 집 안에 있는 줄 알았어요."

남자는 아주 재미있는 벌레를 본다는 듯이 고개를 기울이더니 물었다. "너희 집에는 보통 온 세상이 들어 있느냐? 아주 커야겠구나. 청소하는 데 시간이 많이 들겠어."

"문이 하나 있었어요." 재클린이 동생을 옹호하려 나섰다.

"그랬더냐? 그리고 혹시 그 문에 팻말이 걸려 있었느냐? 지시하는 말이라거나?"

"그게… '확신하라'고 되어 있었어요." 재클린이 말했다.

"으음." 남자는 고개를 기울였다. 끄덕임이라기보다는, 다른 사람이 하는 말을 들었다는 몸짓에 가까웠다. "그리 했느냐?"

"뭘 해요?" 질리언이 물었다.

"확신." 남자가 말했다.

갑자기 추워진 소녀들은 서로에게 좀 더 붙어섰다. 두 소녀는 지쳤고 배가 고팠고 발이 아팠으며, 이 남자가 하는 말이 하나도 이해가 가지 않았다.

"아니오." 두 아이는 동시에 말했다.

남자는 정말로 미소를 지었다. "고맙구나." 그렇게 말하는 목소리도 모질지 않았다.

그래서 질리언도 물어볼 용기를 냈을지 모른다. "뭐가요?"

"거짓말하지 않아 줘서." 남자는 말했다. "너희 이름은?"

재클린은 "재클린이요."라고 답하고 질리언은 "질리언이요."라고 답했다. 저 언덕을 넘어서 이 문을 두드린 아이들을 여럿 겪어 본 남자는 다시 미소지었다.

"잭과 질이 언덕을 내려왔네." 그는 말했다. "필시 배가 고프겠구나. 같이 가자."

두 소녀는 불편한 시선을 주고받았지만, 정확한 이유는 알 수가 없었다. 하지만 그들은 겨우 열두 살이었고, 어른 말에 따르는 습관이 강하게 박혀 있었다.

"좋아요." 두 아이는 말했고, 남자가 문을 통과해서 텅 빈 광장으로 들어가자 뒤따라갔다. 문이 등 뒤에서 닫히며 관목지를 차단했다. 그렇다고 달의 못마땅한 붉은 눈을 차단할 수는 없었다. 달은 지켜보고, 판단했으며, 아무 말도 하지 않았다.

우리가 직접 선택한 역할

남자는 두 아이를 데리고 벽 너머의 조용한 마을을 지나갔다. 질은 걷는 내내 남자에게서 눈을 떼지 않았다. 혹시 무슨 일이 일어난다면, 분명히 할머니의 트렁크 바닥으로 내려온 후에 만난 이 유일한 사람에게서 시작되리라 믿었기 때문이다. 질보다 침묵과 고요에 익숙했기에 좀 더 침착했던 잭은 창문들을 보았다. 서둘러 시야에서 사라지는 촛불의 깜박임을 보았고, 보이지 않는 손이 막 끈을 푼 것처럼 흔들리는 커튼들을 보았다.

이곳엔 세 사람만 있지 않았다. 이 저녁에, 마을에 있는 사람들은 모두 숨어 있었다. 왜일까? 어린 소녀 둘과 망토를 걸친 남자 하나가 그렇게 무서울 리는 없을 텐데. 하지만 잭은 배가 고프고, 춥고, 지쳤기에 회색 돌벽에 난 철문에 도착할 때까지 입 다물고 따라가기만 했다. 남자는 문 앞에서 진지한 얼굴로 아이들을 돌아보았다.

“오늘은 너희가 무어스에서 보내는 첫날 밤이고, 법에 따라 나는 달이 세 번 뜨는 동안 내 집의 환대를 너희에게 베풀어야 한다.” 남자는 엄숙하게 말했다. “그 기간 동안 너희는 내 지붕 밑에서 나만큼 안전할 것이다. 아무도 너희를 해치지 않을 것이다. 아무도 너희에게 마법을 걸지 않을 것이다. 아무도 너희 피를 뽑지 않을 것이다. 그 시간이 지나면, 너희는 이 땅의 법에 지배받게 되므로 다른 사람과 마찬가지로 지불한 만큼 얻게 될 것이다. 이해하겠느냐?”

“뭐라고요?” 질이 말했다.

“아니오.” 잭이 말했다. “도무지… 그, ‘피를 뽑는다’는 건 무슨 뜻이에요? 왜, 우리 피로 뭘 하는데요?”

“뭐라고요?” 질이 말했다.

“우린 사흘 동안 여기 있지도 않을 거예요. 문만 찾으면 돼요. 그러면 집으로 갈 거예요. 부모님이 걱정하고 있어요.” 마지막 말은 잭이 무어스에 온 이후 처음 한 거짓말이었고, 돌덩이처럼 목에 걸렸다.

“뭐라고요?” 질이 세 번째로 말했다.

남자는 웃었다. 입술이 새빨간 만큼이나 치아는 새하얬고, 그 대비되는 모습이 처음으로 창백한 피부에 색을 입히는 것 같았다. “아, 이거 재미있겠군.” 남자는 그렇게 말하고 철문을 열었다.

그 안은 홀이었다. 지하 성의 홀치고는 완벽하게 정상이었다. 벽은 다 돌이었고, 바닥에는 빛바랜 붉은색과 검은색의 섬세한 세공 카펫이 깔렸으며, 천장에 매달린 샹들리에는 거미줄이 잔뜩 걸려서 타고 있는 촛불 가까이 위험하게 늘어졌다. 남자가 안으로 들어갔다. 더 나은 선택지가 없었던 잭과 질도 따라 들어갔다.

지금 두 아이는, 찢어지고 진흙투성이가 된 옷을 입은 금발의 어린 소녀 둘이서 티끌 한 점 묻지 않은 낯선 사람을 따라 성안에 들어가는 모습을 하고 있었다. 남자는 사냥하는 고양이처럼 흐르듯 움직이며 발이 거의 땅을 스치지도 않았고, 아이들은 뒤처지지 않으려는 열의에 서둘러 걷다가 넘어질 뻔했다. 우리의 길 잃은 어린 두 소녀는 아직도 서로 손을 잡고 있었지만, 잭은 조금 뒤로 처지려고 했다. 이미 성의 주인이 의심스러웠고, 사흘이 다 지나면 무슨 일이 일어날지 경계하느라 그랬다.

서로 뭉치는 것이 중요하다고 배운 쌍둥이가 아니다 보니, 둘 사이의 틈이 벌써 드러나기 시작한 것이다. 둘은 오래지 않아서 손을 놓을 것이다.

하지만 그건 미래의 일이고, 지금은 현재. 남자는 걸어가고 잭과 질은 따라갔다. 줄인 이름을 이미 갑옷처럼 입고 있었고 결국에는 그 이름이 될 터였다. 잭은 지금까지 언제나 짧고 날카롭고 남성적인 '잭'을 피해서 '재클린'이었다. (그리고 어머니는 두 아이 이름을 바꿔서 재클린을 질리언으로, 질리언을 잭으로 만들 방법이 있을까 여러 번 물어보기도 했다.) 질은 지금까지 언제나 '질리언'으로, 그나마 허락받은 얼마 안 되는 여성성의 상징을 반토막 내지 않으려고 매달렸다. (그리고 아버지는 이름을 바꾸는 문제를 들여다보고는, 너무 복잡한 데 비해서 얻는 게 별로 없다고 기각했다.) 질은 앞장선 남자의 발꿈치를 따라갔고 잭은 잡은 손이 허용하는 한 뒤처져서 따라갔다가, 계단 앞에 이르자 둘 다 멈춰 서서 말없이 계단을 보았다. 이 세상으로 이어졌던 계단보다 더 좁았고, 먼지투성이 나무가 아니라 돌계단이었다.

남자도 잠시 멈춰서 두 아이를 보았는데, 입가에 미소

가 어른거렸다. "이건 너희 집으로 가는 길이 아니란다, 주운 아이(foundling, 원래는 부모가 버려서 다른 사람이 찾아 키운 아이를 가리키는 말. 업둥이-옮긴이 주)들아." 남자는 말했다. "그 계단이라면 내 마을에서 내 식당까지 이어지는 계단보다 더 찾기 힘들 것 같구나."

"아저씨 마을이요?" 잭은 놀란 나머지 두려움도 잊고 물었다. "마을 전체요? 마을을 다 가진 거예요?"

"나뭇가지 하나, 뼈다귀 하나도 다 내 것이지." 남자가 말했다. "왜? 감탄했느냐?"

"조금은요." 잭은 인정했다.

남자의 미소가 짙어졌다. 햇살 같은 머리카락에, 주로 실내에서만 시간을 보낸 매끄러운 피부가 무척 아름다운 아이였다. 다루기 쉬울 것이다. 달콤할 것이다. 나쁘지 않았다.

"나에겐 감탄할 부분이 많지." 남자는 그렇게 말하고 계단을 오르기 시작했다. 두 소녀도 뒤에 남겨지지 않으려면 따라가는 수밖에 없었다.

그들은 올라가고, 올라가고, 또 올라갔다. 다시 루 할머니의 트렁크 바닥까지 올라가서 답답하고 익숙한 집으로 돌아가는 게 틀림없다고 느껴질 정도였다. 그러나 계단을 벗어나 보니 아름다운 식당이었다. 긴 마호가니 식탁에 한 사람 몫의 식사가 차려져 있었다. 안쪽 벽 근처에 서 있던 하녀는 남자가 두 소녀를 이끌고 들어서자 깜짝 놀라는 얼굴이었다. 하녀는 앞으로 오려다가 멈춰 선 채 두 손을 비틀었다.

"진정하거라, 메리. 진정해." 남자가 말했다. "여행자들이다. 주운 아이들이지. 문을 통과했고, 오늘이 세 밤 중에서 첫 번째 밤이다."

여자는 안심하는 것 같지 않았다. 오히려 더 걱정하는 얼굴이었다. "상당히 더럽네요. 제게 맡겨 주시면 목욕을 시키겠습니다. 주인님 저녁 식사를 방해하지 않게요."

"어리석은 소리 말거라. 이들은 나와 같이 먹는다. 주방에 뭐가 됐든 어린아이들이 먹을 것을 두 접시 준비하라고 알리거라."

"네, 주인님." 메리는 불안한 듯 빠르고 예의 바르게 고개를 끄덕였다. 메리는 늙지도 않고 젊지도 않았다. 여름에 가끔, 부모님이 일을 해야 할 때 돈을 주고 잭과 질을 맡기던 동네 여자들과 비슷한 외모였다. 여름 캠프는 잭이 봤을 때 너무 지저분하고 시끄러웠고, 여름을 풍성하게 해 준다는 프로그램들은 하루의 대부분을 잡아먹었다. 불쾌하기는 해도 그렇게 맡겨지는 것이 유일한 선택지였다.

(사실 신임장과 추천서와 학습활동 자료가 가득 든 여행 가방을 들고 찾아오던 그 침착하고 완벽한 숙녀들과 메리의 공통점은 나이뿐이었다. 메리의 머리카락은 갈색으로 곱슬곱슬했으며 머리빗을 갖다 대면 빗질에 굽히기보다 빗을 낚아챌 것 같았다. 두 눈은 설거지한 구정물 같은 흐린 회색이었고, 뼛속까지 지칠 듯한 엄격한 차렷 자세로 섰다. 만약 메리가 일거리를 찾아 현관 앞에 나타났다면 세레나 월콧은 보자마자 거절했을 것이다. 잭은 보자마자 메리를 믿었고, 질은 믿지 않았다.)

메리는 두 소녀에게 마지막으로 한 번 더 걱정스러운 눈빛을 던지고는 방 반대편에 난 문으로 걸어갔다. 메리가 문에 거의 다다랐을 때, 남자가 헛기침을 해서 딱 멈춰 세웠다.

"이반에게 블리크 박사를 불러오라고 해." 남자는 말했다. "내가 우리의 합의를 잊었군."

“알겠습니다.” 메리는 그렇게 말하고 나갔다.

남자는 잭과 질을 돌아보더니, 둘이 얼마나 열심히 쳐다보고 있는지 알고 미소지었다. “저녁 식사가 곧 준비될 거다. 필시 너희 마음에 들 거야. 메리에게 겁먹지 말거라. 내가 사흘을 약속했으니, 사흘 동안 너희는 이 벽 안에서 아무것도 두려워할 필요 없다.”

“그 사흘이 끝나면 어떻게 되는데요?” 모든 게임에는 규칙이 있고, 그 규칙을 따라야만 한다는 사실을 오래전에 배운 질이 물었다.

“와서 앉거라.” 남자는 말했다.

남자는 식탁 상석으로 걸어가서, 자신을 위해 준비된 자리에 앉았다. 질은 남자 왼쪽에 앉았다. 잭이 질 옆에 앉으려고 하자 남자는 고개를 저으며 자신의 오른쪽을 가리켰다.

“사흘 동안 똑같은 한 쌍을 데리고 있을 거라면, 즐기는 쪽이 낫겠지.” 남자는 말했다. “걱정하지 말아라. 나를 두려워할 이유는 없다.” 대놓고 말하지는 않았지만 함축된 ‘아직’이라는 말이 세 사람 위에 드리운 것 같았다.

하지만 안타깝게도 잭은 일평생 호러 영화를 보지 않

았고, 그런 신호를 해석할 준비가 좀 더 되어 있을 질은 녹초가 되어 어쩔 줄 모르는 상태인데다 자매끼리 싸우지 않고 하루를 보냈다는 색다른 경험에 어지럽기까지 했다. 두 소녀는 시키는 대로 앉았고, 메리가 돌아왔을 때도 그 자리에 앉아 있었다. 메리 뒤로는 무릎까지 내려오는 검은색 연미복을 입은, 뺨이 홀쭉 들어간 말 없는 남자 둘이 따라 들어왔다. 둘 다 둥근 은색 뚜껑을 씌운 쟁반을 들고 있었다.

"아, 좋아." 남자가 말했다. "어떻게 준비했지?"

"주방 마녀가 아이들이 기뻐할 음식을 준비했습니다." 메리가 턱을 들고 딱딱한 목소리로 말했다. "아이들이 만족하리라 장담하더군요."

"훌륭해." 남자는 말했다. "얘들아? 어느 쪽을 먹겠느냐?"

"왼쪽으로 주시겠어요." 질이 아는 예의란 예의는 닥닥 긁어모아서 말했다. 배에서 꼬르륵 소리가 크게 울렸고, 남자가 웃음을 터뜨렸으며, 모든 것이 괜찮아질 것만 같았다. 그들은 안전했다. 그들은 실내에 있었고, 앞에는 음식이 놓였으며, 핏빛 달의 지켜보는 눈은 멀리 떨어져서 쌍둥이 자매 대신 관목지를 보고 있었다.

남자들이 자매 앞에 쟁반을 내려놓은 뒤 은색 뚜껑을 치웠다. 잭 앞에는 다양한 채소와 구운 토끼 반 마리가 놓여 있었다. 단순한 요리, 농부들의 요리, 시간이 주어지면 스스로 준비하는 법을 배울 수도 있는 그런 종류의 요리였다. 빵 한 조각과 치즈 한 덩이도 있었다. 잭은 원치 않을 때라 해도 예의를 차리도록 컸다. 그래서 이상한 고기 모양에 대해서도, 완벽하게 조리하기는 했지만 잭에게는 익숙지 않은 시골풍의 질긴 채소 껍질에 대해서도 불평하지 않았다.

질 앞에는 세 조각의 빨간 로스트비프가 놓였는데, 거의 익히지 않은 상태라서 주위에 놓인 매시드 포테이토와 시금치에 핏물이 들었다. 빵도, 치즈도 없이 갓 짠 우유가 가득 담긴 은잔 하나뿐이었다. 금속 잔 표면에는 이슬처럼 미세한 물방울이 맺혀 있었다.

"부디, 먹거라." 남자가 말했다. 메리가 손을 뻗어 남자의 식사에 덮인 은색 뚜껑을 치우자, 질과 아주 비슷한 접시가 드러났다. 잔도 똑같았는데, 내용물은 색이 어두웠다. 와인일 것도 같았다. 두 아이의 아버지가 저녁 식사 때

마시던 와인과 비슷해 보였다.

잭은 그게 와인이기를 빌었다.

질은 굶주린 짐승처럼 바로 달려들어서 먹기 시작했다. 집에서라면 그렇게 덜 익힌 고기를 보고 코를 쥐어 잡았을지도 모르지만, 벌써 하루 넘게 아무것도 먹지 않은 상태였다. 뭔가 먹을 수만 있다면 날고기라도 먹었을 것이다. 잭은 좀 더 조심하고 싶었다. 이 낯선 사람이 동생에게 약을 먹인다거나, 더 나쁜 짓을 하지 않는지 보기 전까지는 경계를 늦추고 싶지 않았다. 하지만 잭도 워낙 배가 고팠고, 요리 냄새가 너무나 좋았으며, 남자는 그들이 그의 집에서 사흘 동안 안전할 것이라고 말했다. 모든 것이 이상했다. 그들은 아직 남자의 이름도 모르는데….

잭은 포크에 손을 뻗으려다가 말고, 사나운 눈으로 남자를 돌아보면서 식탁 아래에서 미친 듯이 질을 걷어차려 했다. 그러나 다리는 너무 짧고, 식탁은 너무 넓었다. 한참이나 질한테 발이 닿지 않았다. "아저씨 이름도 모르네요." 잭은 약간 날카로운 목소리로 말했다. "그렇다면 모르는 사람이잖아요. 우린 모르는 사람과 이야기하면 안 돼요."

메리는 창백해졌는데, 애초에 색채라고는 거의 없는 여자이다 보니 불가능한 일로 느껴졌다. 말이 없던 두 하인은 한 걸음 뒤로 물러서서 벽에 등을 댔다. 그리고 그 남자는, 빨간 안감의 망토를 걸친, 이름도 모르는 그 낯선 남자는 재미있어하는 얼굴이었다.

"네가 나의 이름을 모르는 것은 그럴 자격을 얻어 내지 못했기 때문이다, 주운 아이야. 여기에서는 대부분 나를 '마스터'라고 부른다. 너도 똑같이 불러도 좋아."

잭은 남자를 응시하며 입을 열지 않았다. 무슨 말을 할 수 있을지 자신이 없었다. 어떤 말이 안전할지 자신이 없었다. 여기에서 일하는 사람들이 이 남자를 두려워한다는 사실은 하늘의 달처럼 분명했다. 잭은 그 이유를 몰랐고, 이유를 알 때까지는 아무 말도 하고 싶지 않았다.

"먹어야지." 남자는 친절하게 말했다. "자매와 같은 것을 먹고 싶다면 또 모르겠다만?"

잭은 말없이 고개를 저었다. 둘이 이런 대화를 주고받는 동안에도 계속 먹고 있었던 질은 계속 고기와 감자와 시금치를 입에 밀어 넣었고, 만족하는 것 같았다.

그때 묵직한 발소리가 계단에 메아리쳤다. 식탁에 있던

모두의 관심을 끌 만큼 큰 소리였고, 질마저도 먹던 것을 씹어 삼키고 소리가 나는 쪽을 돌아보았다. 마스터라던 남자는 얼굴을 찌푸렸는데, 그 불쾌한 표정은 또 한 명의 낯선 사람이 방 안에 들어오자 더 짙어졌다.

그 남자는 튼튼하고 강한 데다 달리고 싶어 안달이 난 풍차같이 견고해 보였다. 옷은 실용적인 데님 바지와 소박한 셔츠였는데, 그 위에 가죽 앞치마를 걸쳤다. 턱은 장작도 쪼갤 수 있을 것 같았고, 급경사진 이마 아래에 밝고 평가하는 눈동자가 자리했다. 무엇보다도 시선을 끄는 것은 목 전체를 두른 흉터였는데, 두껍고 하얀 데다 노끈처럼 너덜거리는 것이 무엇에 베였는지는 몰라도 깔끔하게 벨 생각은 없었던 듯했다.

“블리크 박사.” 첫 번째 남자가 말하고는 코웃음을 쳤다. “굳이 올까 싶었는데. 이렇게 빨리 올 거라곤 전혀 생각하지 않았고 말이야. 당장 해야 하는 끔찍한 도살 작업이 없던가?”

“그야 늘 있지.” 블리크 박사의 목소리는 먼 산맥에서 치는 천둥소리 같았고, 잭은 듣자마자 그 소리가 좋아졌다. 마치 소리를 질러서 우주를 이해할 길을 뚫고야 마는 남자 같았다. "하지만 우리가 합의한 바가 있지 않던가. 혹시 잊으셨나?"

첫 번째 남자는 얼굴을 찡그렸다. "오라고 부른 게 나 아니었던가? 내가 이반에게 내가 기억한다고 박사더러 전하라 했지."

"이반이 하는 말과 당신이 하는 말은 다를 때가 있어서." 블리크 박사는 그제야 잭과 질을 보았다.

질은 식사를 멈춘 상태였다. 둘 다 아주, 아주 가만히 앉아 있었다.

블리크 박사는 질의 접시에 놓인 피에 물든 감자를 보고 얼굴을 찌푸렸다. 고기는 오래전에 없어졌지만, 고기의 흔적은 남아 있었다. "이미 당신은 선택을 한 것 같군. 그건 합의한 내용이 아닌데."

"아이들에게 알아서 식사를 고르도록 했지." 첫 번째 남자는 모욕당했다는 듯이 말했다. "이 아이가 레어로 구운 고기를 좋아하는 건 내 탓이 아니야."

"으음." 블리크 박사는 애매하게 반응하고 질을 유심히 보았다. "네 이름이 뭐냐, 얘야? 겁먹지 말아라. 난 해치러 온 게 아니야."

"질리언이요." 질은 삑사리가 난 목소리로 대답했다.

"블리크 박사는 마을 밖에 살지." 첫 번째 남자가 말했다. "오두막집이 하나 있는데, 쥐와 거미 같은 것들이 있어. 성에 비교할 순 없단다."

블리크 박사는 눈을 굴렸다. "정말로? 정말 이러기요? 쩨쩨한 모욕에 의지하시겠다? 난 아직 선택하지도 않았는데."

"하지만 박사가 내 마음이 기우는 아이를 얻으려고 하니, 나도 부끄러움 없이 변론하고 싶군." 첫 번째 남자가 말했다. "게다가, 저 애들을 보게. 똑같은 한 쌍이라니! 내가 둘 다 기르고 싶어 한다고 못마땅해할 수가 있나?"

"잠깐만요." 잭이 말했다. "우리를 '기르다니', 무슨 뜻이에요? 우린 떠돌이 개가 아니에요. 이 크고 소름 끼치는 곳에 무단침입한 건 정말 미안하지만, 우린 여기 남지 않을 거예요. 문을 찾자마자 집으로 갈 거라고요."

첫 번째 남자는 삐뚜름하게 웃었다. 블리크 박사는…슬퍼 보였다.

"문은 저 좋을 대로 나타나지." 박사는 말했다. "너희는 여기에 아주 오래 있을 수도 있다."

잭과 질은 똑같이 놀란 표정을 지었다. 질이 먼저 말했다.

"난 축구 연습 있는데." 질이 말했다. "빠지면 안 돼요. 빠졌다간 날 팀에서 잘라 버릴 텐데, 그러면 아빠가 엄청 화낼 거야."

"난 밖에 나가면 안 돼요." 잭이 말했다. "내가 밖에 나온 걸 알면 어머니가 엄청 화낼 거예요. 우린 여기 오래 있을 수 없어요. 안 된다고요."

"하지만 그렇게 될 거다." 첫 번째 남자가 말했다. "사흘은 내 집의 손님으로 지내고, 그다음에는 귀한 주민으로 지내야지. 너희 세계로 돌아가는 문을 찾을 때까지. 찾게 된다면 말이다만. 주운 아이가 다 도망쳐 온 곳으로 돌아가지는 않아. 그렇지 않나, 메리?"

"그렇습니다, 주인님." 메리는 감정 없는 죽은 목소리로 말했다.

"지난번에 우연히 무어스에 들어왔던 아이는 불같은 머리카락에 겨울 아침 같은 눈동자를 지닌 소년이었지." 첫 번째 남자가 말했다. "블리크 박사와 나는 누가 그 아이를 돌보고 먹일지를 두고 말다툼을 했단다. 우리 둘 다 아이들을 좋아하거든. 아이들은 아주 활기가 넘치고 생생하니 말이야. 아이들이 있으면 집이 진짜 집같이 느껴지지. 결국에는 내가 이겼고, 그때 나는 평화를 지키기 위해 블리크 박사에게 다음번에 주운 아이를 넘기겠다고 약속했지. 그런데 너희 둘이 있었으니 내가 얼마나 놀랐겠느냐! 그야말로 달의 선물이야."

"그 남자애는 지금 어디 있어요?" 잭이 조심스럽게 물었다.

"그 아이는 집으로 가는 문을 찾고, 그리로 갔다." 블리크 박사는 어디 무슨 말이라도 해 보라는 듯이 식탁 끝에 앉은 첫 번째 남자를 노려보았다.

첫 번째 남자는 무슨 말을 하는 대신 고개를 저으며 웃음을 터뜨렸다. "드라마틱하기도 하지! 언제나 참 드라마틱해. 앉게, 미셸. 식사를 대접하지. 오늘 저녁에 내 집의 환대를 즐기고 나면, 자네도 이 예쁜 자매를 같이 두는 게 현명하다는 사실을 알아볼지 모르겠군."

"꼭 그렇게 한 세트로 두고 싶다면, 우리의 합의를 존중해서 둘 다 내가 데려가게 해 주시지." 블리크 박사가 말했다. 그다음에는 두 소녀에게 직접 하는 말이었다. "난 너희를 호사스럽게 키울 순 없다. 나에겐 하인이 없고, 너희는 너희의 편의를 위해 직접 일해야 할 거다. 하지만 난 너희에게 세상이 어떻게 작동하는지 가르쳐 줄 테고, 너희는 더 현명해져서 집에 가게 될 거다. 더 피곤할지는 몰라도. 또한 내 지붕 밑에서라면 어떤 의도적인 해도 입지 않을 거다. 언제까지나."

잭에게는 '언제까지나'라는 말이 확 들어왔다. 첫 번째 남자는 딱 사흘만 약속했으니 말이다. 잭이 식탁 건너편의 질을 보았더니, 동생은 부루퉁한 눈으로 입술을 내밀고 있었다.

"식사하겠나, 미셸?" 첫 번째 남자가 물었다.

"그래야겠군." 블리크 박사는 그렇게 말하고 의자에 주저앉았다. 마치 드디어 쉬기로 한 산사태 같았다. 박사는 메리를 보았는데, 그 눈은 상냥했다. "괜찮다면 고기와 빵과 맥주를 주겠나, 메리."

"알겠습니다." 메리는 대답했고, 실제로 방을 나서면서 미소까지 지었다.

첫 번째 남자, 마스터는 건배를 흉내 내듯 잔을 들어 올렸다. "미래를 위하여. 우리가 준비되어 있든 말든 미래는 지금도 오고 있나니."

"그건 사실이지." 블리크 박사는 그렇게 말하고, 잭과 질에게는 "먹으렴."이라고 말했다. "앞으로의 일을 생각하면 힘을 내야 할 거다."

"우리 모두 그럴 거야."

안전한

첫 날 밤

잭과 질은 둘이 같이 탑에 있는 동그란 방에 들어가게 됐다. 물방울 모양의 작은 침대 두 개에 누워서, 제일 넓은 부분에 머리를 놓고 가늘어지는 끄트머리 쪽에 발을 댔다. 창문에는 창살이 달려 있었고, 문은 잠겼다. "보호하기 위해서죠." 메리가 그렇게 말하고는 열쇠를 돌려 밤새 나가지 못하게 했다.

많은 아이들이 이럴 때는 갇혔다는 사실에 격분하면서, 창문에서 창살을 빼내거나 문의 걸쇠를 부술 영리한 방법을 찾을 것이다. 많은 아이들이 불필요한 규칙에는 분개해도 좋다고, 화장실을 쓰거나 물을 마시러 침대에서 빠져나가는 일은 해도 괜찮은 정도가 아니라 하는 게 좋다고, 여덟 시간을 내리 침대에 누워 있는 것보다 욕구를 해결하는 게 더 중요하다고 믿으며 성장했다. 하지만 잭과 질은 그렇지 않았다. 두 아이는 어른이 하는 말에 순종하고, 얌전하게 지내도록 키워졌기에 지금도 그렇게 했다.

(이쯤에서 맹목적으로 규칙을 따르는 것이 위험한 습관일 수도 있지만, 또한 사람을 구할 수도 있다는 사실을 말해 둬야 할 것 같다. 그 탑의 창문 아래 땅바닥에는 그런 상황에서 시트를 꼬아서 밧줄을 만들었다가, 길이가 너무 짧아서 떨어져 죽고 만 아이들의 뼈가 하얗게 쌓여 있었다. 어떤 규칙은 정말로 생명을 지키려고 존재한다.)

"우린 여기 있을 수 없어." 잭이 소곤거렸다.

"어딘가에는 살아야지." 질이 소곤거렸다. "문이 나타나기를 기다려야 한다면, 여기 있어서 안 될 것 있어? 여기 좋은데. 난 마음에 들어."

"그 남자는 자기를 '마스터'라고 부르라고 하잖아."

"다른 남자는 '박사님'이라고 부르라잖아. 그게 뭐가 달라?"

잭은 그게 어떻게 다른지 설명할 방법을 몰랐다. 그저 다르다는 것만 알았다. 하나는 그 사람이 어떤 사람인지 알려 주는 호칭이었고, 또 하나는 그 사람이 얼마나 많이 아는지, 세상을 얼마나 많이 이해하는지 알려 주는 호칭이었다. 하나는 사람을 위협했고, 다른 하나는 안심시켰다.

"그냥 달라." 결국 잭은 그렇게 말했다. "난 블리크 박사님과 가고 싶어. 누군가와 같이 가야만 한다면, 난 그 사람이 좋아."

"흠, 난 여기 있고 싶어." 질이 말하고는, 건너편 침대에 누운 자매를 향해 얼굴을 찌푸렸다. "우리가 왜 늘 너 하고 싶은 대로 해야 하는지 모르겠어."

실은 잭이 둘의 행동을 결정할 수 있었던 때는 한 번도 없었다. 언제나 부모님이 두 아이의 행로를 정해 놓았고, 수업 일까지도 마찬가지여서 둘은 한 번이라도 실수하면 쇼가 다 취소된다는 사실을 아는 배우들처럼 열성적으로 정해진 역할을 수행했다. 잭은 어떻게 질이 세상을 이토록 잘못 이해할 수 있는지 놀라고 쓰라려서 침묵했다.

그러다가 마침내, 조용히 말했다. "우리가 같이 있을 필요는 없지."

질은 그동안 자매가 함께 있는 시간을 즐겼다. 그 시간은… 좋았다. 함께라는 기분이 좋았다. 둘이 단결한 것 같았고, 실제로 뭔가에 의견을 같이한 것 같았다. 하지만 질은 은접시와 긴 검은색 망토를 걸치고 미소짓는 남자가 있는 이 크고 멋있는 성이 마음에 들었다. 크고 붉은 달이 다가오지 못하는 두꺼운 벽 안에서 안전한 기분을 느끼는 게 좋았다. 잭과 함께 여기에 있으면 행복할 테지만, 잭이 더럽고 냄새나는 박사를 더 좋아한다는 이유로 여기를 포기할 생각은 없었다.

"그건 그래." 질은 그렇게 말하고 돌아누워서 잠든 척했다.

잭은 반듯하게 누운 채 천장을 보며 아무렇지도 않은 척했다.

지치고 혼란스러웠던 아이들이 배불리 먹고 따뜻한 침대에 들어갔으니 결국에는 둘 다 잠들었고, 복잡한 꿈을 꾸다가 잠겨 있던 문이 열리는 소리에 깨어났다. 아직도 모험이 시작될 때부터 입고 있었던 지저분하고 너덜너덜해져 가는 옷을 입은 두 아이는 침대에 일어나 앉아서 문이 열리는 모습을 보았다. 메리가 문을 잡고 있는 동안, 전날 밤에 저녁 식사를 가져왔던 두 남자가 들어왔다. 각각 쟁반을 하나씩 들었는데, 두 소녀 옆에 내려놓고 뚜껑을 들어 올리니 스크램블드 에그, 버터 토스트, 그리고 두껍게 자른 기름기 많은 햄 조각이 나타났다.

"마스터께선 너희가 빨리 먹기를 바라신단다." 메리는 두 남자가 물러나서 뒤에 서자 말했다. "몸을 씻을 상황이 아니라는 점은 이해하시니, 지저분해도 용서하실 거야. 다 먹고 마스터를 뵐 준비가 될 때까지 복도에서 기다리마."

"잠깐만요." 잭은 갑자기 더럽고 불편한 기분이 들어서 말했다. 얼마나 지저분한 상태인지 잊고 있었다. "목욕을 할 수 있을까요?"

"아직은 안 돼." 메리가 방 밖으로 나가면서 말했다. 두 남자가 따라 나갔고, 마지막 사람이 나간 후에 문을 닫았다.

"왜 목욕을 할 수 없다는 거야?" 잭이 구슬프게 물었다.

"난 목욕 안 해도 돼." 질은 사실 목욕하고 싶으면서도 그렇게 말했다. 그리고 나이프와 포크를 집어 들고 햄을 작고 네모나게 자르기 시작했다.

평생 몇 분 이상 더러운 상태를 용납받은 적이 없었던 잭은 몸을 떨었다. 접시를 보아도 지금보다 더 더러워지게 만들 버터와 기름 같은 것밖에 보이지 않았다. 잭은 음식을 그대로 두고 침대에서 내려갔다.

질이 얼굴을 찌푸렸다. "안 먹을 거야?"

"배고프지 않아."

"난 먹을 건데."

"괜찮아. 난 기다릴 수 있어."

"음, 그러지 마." 질은 문을 가리켰다. "메리에게 다 됐다고 해. 혹시 목욕하게 해 줄지도 몰라. 아니면 너의 새로운 박사 친구에게 말하게 해 줄지도 모르지. 그러고 싶잖아?"

"그래, 난 목욕이 더 하고 싶어." 잭이 말했다. "넌 정말 괜찮겠어?"

"난 네 토스트를 다 훔쳐 먹을 거야." 질은 침착하게 말했고, 잭은 매우 중요한 사실 두 가지를 깨달았다. 하나는 질이 여전히 이 사태를, 지겨워지면 친절하게 사라져 줄 모험이라고 생각한다는 점이었다. 그리고 두 번째는, 최대한 빨리 이곳을 떠나야 한다는 사실이었다. 마스터는 – 벌써부터 그 남자를 이 호칭으로 떠올리게 되다니 얼마나 싫은지 몰랐다 – 어린 소녀들을 예쁜 장식 인형처럼 선반에 세워 놓고 싶어 하는 부류 같았다. 그자는 자매가 함께 있어야 하니 함께 두고 싶다고 말하지 않았다. 똑같은 한 세트를 갖추고 싶으니 같이 두겠다고 말했다.

질을 여기에서 끌어낼 수 없다면, 잭이라도 여길 떠나야 했다. 여기 남는다면, 잭이 장식 역할을 더 잘할 테니까. 질보다 눈에 띌 테니까. 둘은 아무리 노력해도 똑같지 않을 것이다. 그리고 마스터는….

어떻게 아는지는 몰라도, 잭은 그 남자가 그걸 좋아하지 않을 것을 알았다. 그 남자는 불쾌해할 것이다. 잭이든 질이든, 그 남자의 불쾌감이 즐거울 것 같지는 않았다.

복도로 걸어 나가는데 드레스가 빳빳하고 타이츠가 붕대처럼 다리에 달라붙었다. 메리는 약속대로 하인 두 명과 같이 복도에서 기다리고 있었다.

"다 됐니?" 메리가 물었다.

잭은 고개를 끄덕였다. "질은 아직 먹고 있어요. 질이 다 먹을 때까지 전 여기에서 기다릴 수 있어요."

"그럴 필요 없단다." 메리가 말했다. "마스터께선 늦장부리는 걸 좋아하지 않으셔. 그분의 선택을 받고 싶다면, 지금 먼저 가 보는 게 좋겠구나."

"선택받고 싶지 않다면요?"

메리는 멈칫했다. 그녀는 죽은 눈의 하인들을 가늠해 보다가, 복도 전체를 둘러보았다. 마치 모든 틈과 구석을 다 살펴보는 것 같았다. 메리는 다른 사람이 없다는 사실을 확인한 후에야 잭에게 관심을 돌렸다.

"선택받고 싶지 않다면 도망치렴, 아이야. 저기 알현실까지 가서…"

"알현실이요?" 잭의 목소리가 뒤집혔다.

"…블리크 박사님에게 같이 가고 싶다고 말하고, 도망쳐. 주인님께선 네 자매의 식성을 좋아하시지만, 네 몸가짐도 마음에 들어 하시지. 네가 앉는 모습을 좋아하시고. 그러니 사흘이 끝날 때까지 그 아이를 가지고 놀다가, 그때 가서는 너를 선택해서 그 아이의 마음을 부술 거야. 너희에게는 블리크 박사님이 둘 다 여기에 두고 갈 수도 있다고 하시겠지만, 사실은 절대 그럴 리 없다는 걸 마스터도 알고 계셔. 박사님은 주운 아이를 구할 수 있다면 늘 구하신단다. 그분이 나도 구하셨다면 얼마나 좋았을까." 메리의 눈동자 속엔 촛불처럼 밝게 타오르는 빛이 있었다. "네 자매는 네가 없어지면 더 안전해질 거야. 마스터는 그 아이를 딸로 삼기 전에 우선 숙녀로 만드셔야 하니까. 혹시 또 알겠니? 그런 일이 벌어지기 전에 너희가 문을 찾을 수도 있겠지."

"메리는…." 잭은 어떻게 질문을 마무리할지 몰라서 말을 하다가 말았다.

메리는 고개를 끄덕였다. "그랬단다. 하지만 나는 마스터의 아이가 되고 싶지 않았고, 아버지로 삼겠냐고 물어보셨을 때 싫다고 했지. 그래서 마스터는 주운 아이들에게 귀족 가문에는 식탁 상석에 앉는 이들 말고도 있을 자리가 있다는 사실을 상기시키려고 날 곁에 두셨지. 마스터도 초대받지 않고는 결코 네 자매를 해치지 못해. 그 점은 걱정하지 않아도 된단다. 저런 이들은, 초대하지 않는 한은 들어오지 못해. 네겐 시간이 있을 거야."

"무슨 시간이요?"

"너희가 왜 무어스에 불려 왔는지 알아낼 시간. 너희가 여기에 계속 있고 싶은지 아닌지 결정할 시간." 메리는 허리를 폈고, 가까이에 선 죽은 눈의 남자를 돌아볼 때는 눈동자의 불꽃도 꺼진 것 같았다. "이 아이를 마스터께 데려가거라. 빨리 가도록 해. 두 번째 아이가 내려갈 준비가 되기 전에 여기로 돌아와야 한다."

하인은 고개를 끄덕였지만 말은 하지 않았다. 잭에게 따라오라고 손짓하더니, 계단을 내려가기 시작했다. 잭은 메리를 쳐다보았다. 메리는 고개를 젓고 아무 말도 하지 않았다. 둘이 대화할 시간은 끝난 모양이었다. 이제부터 잭이 할 일은 혼자 몫이었다. 잭은 머뭇거렸다. 동생이 앉아서 아침 식사를 즐기고 있을 방문을 쳐다보았다.

잭은 계단을 내려갔다.

죽은 눈의 하인은 잭이 반항하리라 예상하지 않았다. 변함없이 말 없고 무표정한 모습으로 첫 번째 층계참에서 기다리고 있었다. 잭이 다가가자 하인은 다시 걷기 시작했고, 잭은 그 뒤를 따라가야 했다. 남자의 보폭이 크다 보니 잭은 서두르다 못해서 발이 바닥을 딛지도 않는 느낌으로 뛰어야 했다. 이러다가 계단을 대굴대굴 굴러서 바닥에 엉덩방아를 찧을 것 같았다.

하지만 그런 일은 일어나지 않았다. 그들은 계단 바닥에 도착해서 거대한 식당에 다시 들어갔다. 마스터와 블리크 박사가 식탁에 마주 앉아서, 조심스럽게 서로를 보고 있었다. 블리크 박사 앞에는 음식 접시가 하나 놓였는데, 손은 대지 않았다. 마스터는 이번에도 진한 붉은 와인이 담긴 고블릿 잔을 들었다. 죽은 눈의 하인은 소리 없이 걸어갔다. 잭은 그렇지 않았고, 마스터와 블리크 박사는 아이가 도착하는 소리를 듣고 고개를 돌렸다.

마스터는 잭의 드레스 얼룩과 헝클어진 머리를 보고 미소지었다. "열심이로구나." 그는 가르릉거리는 목소리로 말했다. "그렇다면 선택을 내렸나 보지? 네가 후견인을 먼저 고르고 싶어 하는 게 분명하니 말이다." 뒤따르는 침묵이 '나를 고를 게 분명하니'라고 말하고 있었다.

"네." 잭은 어깨가 떨리거나, 무릎이 꺾이지 않게 최선을 다해 똑바로 섰다. 자매 둘만 있었을 때는 선택이 어려워 보였다. 지금, 두 남자의 시선을 받으니 선택이 불가능하게까지 느껴졌다.

그래도 잭의 발은 어떻게든 움직였고, 커다란 방안을 걸어서 깜짝 놀란 블리크 박사 옆에 설 수 있게 만들어 줬다.

"전 박사님과 같이 가서 일하고 싶어요. 부탁이에요. 전 배우고 싶어요."

블리크 박사는 잭의 보드라운 두 손과 프릴과 레이스

가 가득 달린 드레스를 보고 얼굴을 찌푸렸다.

"쉽지는 않을 거다. 일이 힘들 거야. 물집도 잡히고, 피도 나고, 혹시라도 내 곁을 떠난다면 너 자신의 일부를 두고 가게 될 거다."

"그 말은 어젯밤에도 했어요." 잭이 말했다.

"나에겐 사치품이나 장신구를 챙길 시간이 없어. 그런 것들을 갖고 싶다면, 여기 남아야 할 거다."

잭은 눈을 가늘게 뜨고 얼굴을 찌푸렸다. "어젯밤에 박사님은 우리 둘을 다 원하는 것 같았어요. 나보단 질을 더 원하는 것 같긴 했지만. 그런데 지금은 날 전혀 받고 싶어 하지 않는 것 같네요. 왜죠?"

블리크 박사는 대답하려고 입을 벌렸다가 멈추더니, 고개를 옆으로 기울이고 말했다. "솔직히, 나도 잘 모르겠다. 적극적인 조수가 언제나 마지못한 조수보다 낫지. 이틀 후에 널 데리러 돌아올까?"

"오늘 같이 갈래요." 잭은 여기에서 꾸물거리다가는 다시는 떠나지 못할 테고, 그러면 동생에게 나쁘게 돌아갈 거라는 느낌을 받았다. 질은 언제나 강한 쪽, 머리 좋은 쪽이었지만 더 눈치 빠른 쪽이길 기대받은 적은 없었다. 질은 너무 쉽게 믿었고, 그보다 더 쉽게 상처받았다.

잭은 지금 가야 했다.

블리크 박사는 놀랐다 해도 티를 내지 않았다. 그저 고개를 끄덕이고 "그렇다면야."라고 말하더니, 일어나서 마스터에게 살짝 고개를 숙였다. "우리의 합의를 존중해 줘서 고맙군. 내가 맡을 아이는 나를 선택했으니, 두 번째 아이는 당신 차례지. 그리고 무어스에 들어오는 다음번 주운 아이는 권리상 내 것이오."

"자네 아이가 자네를 선택하고 나를 모욕했는데, 내가 이 자리에서 저 아이를 죽이지 못할 이유가 뭘까?" 마스터는 지루한 듯이 말했다. 그래도 잭의 심장에 무겁게 도사린, 공격할 준비를 하는 뱀처럼 또아리를 틀고 있는 공포를 막지는 못했다. "저 아이는 날 거부했을 때 내 집의 보호를 버렸어."

"살아 있는 쪽이 유용할 거요." 블리크 박사가 말했다. "두 아이는 거울상이니까. 첫 번째 아이에게 무슨 일이라도… 일어난다면, 두 번째 아이에게 의지해서 첫 번째 아이를 살릴 수 있겠지. 그리고 이 아이를 죽인다면, 우리의 거래를 깨는 셈이오. 정말로 우리의 싸움도 감수하겠다는 거요? 지금이 그때라고 생각하시오?"

마스터는 얼굴을 구겼지만 일어나지는 않았다. "좋을 대로 하게, 미셸." 그는 지루하다는 듯이 말했다. 그리고 방금의 협박은 없었다는 듯이 차분하게 잭을 보았다. "누추하게 사는 데 질린다면 언제든 돌아와도 좋다, 아이야. 내 문도 너처럼 사랑스러운 아이에게는 늘 열려 있으니."

그저 '사랑스럽다'는 식으로만 보이는 데 질린 지 오래였고, 또 마스터와는 달리 방금의 위협을 잊지 않은 잭은 아무 말도 하지 않았다. 잭은 고개를 끄덕이며 블리크 박사에게 더 바싹 붙었고, 박사가 일어나서 방 밖으로 걸어 나가자 그 뒤를 따라갔다.

잭의 이야기는 일단 여기까지 하자. 가끔은 둘 중 한쪽만 따라가야 한다고 해도, 이것은 두 아이의 이야기다. 종종 있는 일이다. 아이들이란 기회를 주면 흩어져서 선택을 강요하고, 찾아다니는 사람이 온갖 어두운 복도를 뒤지게 만드는 법이니까. 그러니….

질은 아침 식사를 했고, 자기 몫을 다 먹은 후에는 잭의 것도 먹으면서 내내 자매의 빈 침대를 노려보았다. 멍청한 잭. 이제야 겨우 둘이 같은 얼굴이고 거울 같다는 사실을 좋아해 주는 사람이 생겼는데, 잭은 그냥 질을 두고 떠나려고 했다. 잭이 이제 와서 쌍둥이로 살고 싶어 할 리가 없다는 걸 알았어야 했는데. 이렇게 오랫동안 피해 놓고 그럴 리가 없지.

(잭이 그렇게 산 것도 질과 마찬가지로 순전히 부모님의 바람 때문일 뿐, 진심이 아니었다는 생각은 떠오르지도 않았다. 둘의 부모님은 쌍둥이의 선을 흐리기 위해 할 수 있는 일은 다 했고, 잭과 질을 이도 저도 못하게 끼워 놓았다. 하지만 잭은 떠났고 질은 떠나지 않았으며, 지금 중요한 건 그것뿐이었다.)

마지막 토스트 조각으로 마지막 계란 얼룩을 닦아 먹은 질은 겨우 침대에서 벗어나서 문으로 걸어갔다. 기다리고 있던 메리는 질이 나타나자 무릎을 굽혀 인사했다.

"아가씨, 아침 식사는 마음에 드셨나요?"

이제까지 한 번도 중요한 취급을 받은 적이 없고, 어른에게는 더더욱 그랬던 질은 활짝 웃었다. "괜찮았어요." 질은 당당하게 말했다. "제 쌍둥이 자매를 보셨나요?"

"죄송하지만, 이미 블리크 박사님과 같이 떠난 것 같

습니다. 박사님은 실험실을 오래 비우시는 일이 잘 없거든요."

질의 얼굴이 시무룩해졌다. "아." 그 순간이 되어서야 질은 잭이 마음을 바꾸기를, 반성과 배고픔을 안고 계단에서 기다리고 있기를 얼마나 바랬는지 깨달았다.

잭이 공주님이 되어 성에 살 기회를 던져 버리게 그냥 두지 뭐. 잭은 이미 왕족 취급을 받으면서, 예쁜 드레스를 입고 반짝이는 관을 쓰고 주위 모두에게 사랑받는 생활이 어떤 건지 알잖아. 분명히 실수를 깨닫고 기어 돌아올 거야. 그러면 나도 잭을 용서해 줄까?

아마도. 이 모험을 둘이 같이 하면 좋을 테니까.

"마스터가 기다리세요, 아가씨." 메리가 말했다. "뵐 준비 됐나요?"

"네." 질은 말했다. 그리고 마음속 깊은 곳에서는 '아니오'라고 말했다. 잘 보이지 않고 막연하긴 하지만 그들이 어떤 위험에 처했는지 이해하고 있는, 조용하고 차분한 목소리였다. 질은 잭이 어머니 친구들에게 새 드레스를 선보일 때면 했던 것처럼, 허리를 더 펴고 턱을 들면서 두려움을 깊이 삼켜 버렸다. "전 여기 남겠다고 말하고 싶어요."

"아가씨에겐 이제 선택권이 없어요." 메리의 목소리는 주의를 주면서도 사과하는 듯했다. "자매가 떠나기를 선택한 이상, 아가씨는 남아야죠."

질은 얼굴을 찌푸렸다. 조심하라고 조언하던 작고 차분한 목소리는 이 새로운 모욕 앞에서 바로 잠잠해졌다. "걔가 선택했기 때문에, 난 선택을 못 한다고요?"

"네, 아가씨. 불필요한 말을 얹고 싶진 않지만, 마스터께는 공손히 접근하는 게 좋을 거예요. 그분은 두 번째로 선택받는 것을 좋아하지 않으시니까요."

질도 마찬가지였다. 질은 평생 두 번째로 선택받으며 살아왔다. 그 순간, 고독한 성에 사는 이름도 모를 남자를 향한 뜨겁고 열렬한 애정이 샘솟으면서, 질에게 그나마 남아 있던 조심성을 쓸어 버렸다. 마스터는 질과 마찬가지로 이렇다 할 이유도 없이 차선이 되어 버렸다. 질은 그에게 그게 사실이 아님을 이해시킬 것이다. 질은 잭이 그 멍청한 블리크 박사가 존재한다는 사실을 알기도 전에 마스터를 선택했다. 그러니 집으로 가는 문이 열릴 때까지 그들은 같이 행복하게 지낼 것이고, 다시는 차선이 되지 않을 것이다. 다시는.

"내가 먼저 그분을 선택했어요. 재클린은 스타처럼 보이려고 아침 식사를 건너뛴 거고." 질은 억울함과 차가운 분노에 가득 차서 말했다. "내가 그렇게 말할 거야."

메리는 처음 무어스에 도착한 이후 왔다가 간 많은 아이들을 보았다. 그녀는 질을 보고 처음으로, 어쩌면 마스터가 기뻐할지도 모르겠다고 생각했다. 이 아이는 떠날 때까지 살 수 있을지도 몰랐다. 물론 집으로 가는 문이 열린다면 말이지만.

"따라오세요, 아가씨." 메리는 몸을 돌려 계단을 내려갔다. 마스터가, 움직일 필요가 없을 때면 언제나 그랬듯 꼼짝 않고 조용히 기다리고 있는 곳으로 향했다.

(어째서 가끔 무어스와 다른 세상 사이에 나타나는 문으로 굴러들어 온 아이들이 '마스터'가 약탈자라는 사실을 눈치채지 못하는 건지, 메리는 이해할 수가 없었다. 그녀는 그를 보자마자 첫눈에 약탈자임을 알았다. 그건 메리에게 익숙한 위험이었다. 그녀가 도망친 가족도 똑같이 약탈자였는데, 다만 더 일상적인 약탈일 뿐이었다. 그녀는 상대가 어떤 자인지 알았기에 그의 보호 아래 편안

하게 지냈고, 그가 온전히 정체를 드러냈을 때도 놀라지 않았다. 그건 드문 일이었다. 메리가 이 복도를 안내한 아이들 대부분은 때가 오면 끔찍하고도 끔찍하게 놀랐다. 아무리 여러 번 경고를 받았어도 그랬다. 아무리 경고해도 충분치가 않았다.)

마스터는 두 사람이 식당에 들어갔을 때 식탁 앞에 앉아서, 은잔을 우울하게 기울이고 있었다. 그는 무관심한 눈을 가늘게 뜨고 메리를 —그리고 질을— 보았다. 그는 잔을 내려놓았다.

"우리가 서로 붙어 있게 된 모양이다." 그는 질을 보고 말했다.

"내가 아저씨를 선택했어요." 질은 말했다.

마스터는 눈썹을 들어 올렸다. "이제 와서 말이냐? 네 어리석은 자매가 더러운 박사와 같이 떠나기 전에, 네가 내 앞에 나타났던 기억은 없다만. 그 아이가 저 계단을 내려와서 박사와 가겠다고 선언할 동안 나는 곁에 아무도 없이 혼자 앉아 있었지."

"걔가 여기 있고 싶지 않다고 했어요." 질은 말했다. "그렇다면 전 아침 식사를 하고, 걜 보내 주는 게 더 낫겠다고 생각했죠. 그러면 오늘 아저씨가 저에게 시키고 싶은 일이 뭐든 할 준비가 될 테니까요. 식사를 건너뛰는 건 건강하지 않아요."

"그건 그렇지." 마스터는 재미있어하는 것 같기도 한 기색으로 말했다. "그 아이가 박사를 선택하기 전에 네가 날 선택했다고 맹세하느냐?"

"전 아저씨를 보자마자 선택했어요." 질이 열심히 말했다.

"나는 거짓말쟁이를 좋아하지 않는다."

"전 거짓말을 안 해요."

마스터는 고개를 들고 새로운 눈으로 질을 보더니, 마침내 말했다. "씻고 옷을 입고, 나와 같이 여기에서 지낼 준비를 해야겠구나. 내 집안에는 정해진 기준이 있다. 메리가 그 기준에 맞추도록 널 도와줄 거다. 너는 내가 원할 때는 내 앞에 나타나고, 그렇지 않을 때는 거치적거리지 않아야 한다. 지도 교사와 재단사들은 내가 준비하마. 너에겐 아무 부족함이 없을 것이다. 그 대신 내가 요구하는 건 너의 충성, 헌신, 그리고 복종이다."

"문이 나타나지 않는 한은요." 메리가 말했다.

마스터가 메리에게 눈을 가늘게 뜨고 날카로운 시선을 던졌다. 메리는 꼿꼿하게 서서 꿈쩍 않고 그 시선을 맞받았다. 놀랍게도 결국 시선을 돌린 쪽은 마스터였다.

"문을 통해서 네 원래 집으로 돌아가는 것은 언제나 네 자유다." 그는 말했다. "그것이 진정 네가 원하는 바라면, 나도 무어스만큼 오래된 협정에 따라 보내 줘야 하지. 하지만 그 문이 나타났을 때, 네가 나와 함께 있기를 더 좋아했으면 좋겠구나."

질은 미소지었다. 마스터도 마주 웃었고, 덕분에 보인 치아는 아주 날카롭고 아주 희었다.

서로 다른 경로를 통해서 서로 다른 길을 걷기는 했지만, 이렇게 두 아이 다 집에 이르렀다.

물 한 동이를

길으러

블리크 박사는 성 바깥, 그것도 마을 바깥에 살았다. 안전해 보이는 육중한 벽 바깥이라는 뜻이었다. 박사가 다가가자 문이 열렸고, 그는 성큼성큼 문을 통과하는 동안 책이 뒤따라오는지 한 번도 돌아보지 않았다. 물론 책은 잘 따라가고 있었다. 이제까지 책의 삶은 얌전히 앉아서 장식으로 사는 시간이었고, 흥미로운 일을 찾아서 덤불을 헤치기보다는 흥미로운 일이 찾아오게 두는 식이었다. 가슴이 꽉 죄는 느낌이었다. 심장은 쿵쾅거렸고 옆구리가 결려서, 말을 할 수가 없었다.

한 번, 딱 한 번 넘어질 뻔한 책은 비틀거리면서 멈춰 섰고, 발만 보면서 호흡을 고르려고 했다. 블리크 박사는 몇 발자국을 더 걷다가 멈춰 섰다. 여전히 뒤는 돌아보지 않았다.

"너는 에우리디케(그리스 신화 속 인물인 오르페우스는 죽은 아내 에우리디케의 영혼을 저승에서 데리고 나오려고 했는데, 뒤를 돌아보는 바람에 실패했다-옮긴이 주)가 아니지만, 그렇게 사소한 문제로 널 잃을 위험은 지지 않겠다." 박사는 말했다. "너는 더 튼튼해져야 해."

숨을 쉬기가 힘들었던 잭은 아무 말도 하지 않았다.

"개선할 수 있는 부분은 개선하고, 그럴 수 없는 부분은 벌충할 시간이 있을 거다." 박사는 말했다. "하지만 여기는 밤이 빨리 찾아온다. 추스리고 다시 걸어라."

잭은 떨리는 숨을 크게 들이마시고, 한 걸음을 딛은 다음 다시 한 걸음을 딛었다. 블리크 박사는 잭의 세 번째 걸음 소리가 들릴 때까지 기다렸다가, 잭이 따라오리라 믿고 다시 전진했다.

잭은 따라갔다. 당연히 따라갔다. 다른 선택지는 남아 있지 않았다. 혹시 잭이 밤을 보냈던 푹신한 침대라든가, 마스터가 은접시에 담긴 섬세한 요리를 내주었던 편안한 식당을 간절히 생각했다 해도… 잭은 열두 살이었다. 평생 무엇을 위해서도 일해 본 적이 없었다. 친숙한 생활에 가까운 것을 갈망하는 게 당연했다. 아무리 자신이 그것을 독차지하기를 원하지 않고, 원해서는 안 되며, 원하지 않으리라고 뼛속까지 알고 있다 해도 그랬다.

블리크 박사가 앞장서서 덤불과 관목을 헤치며 언덕 비탈을 오르다 보니 멀리 풍차가 하나 나타났다. 처음에는 아주 가까워 보였는데, 걸어도 걸어도 닿지 않자 잭은 사실 그 풍차가 굉장히 크다는 사실을 깨달았다. 하늘 전체를 잡아매려고 만든 풍차였다. 잭은 멍하니 풍차를 보았다. 블리크 박사는 계속 걸어갔고, 잭은 따라갔다. 어느 순간 발아래 덤불이 단단하게 다져진 길로 변했고, 그들은 풍차까지 마지막 오르막길을 걷기 시작했다. 언덕 마지막 부분은 유난히 더 가파르다가 문에서 3미터 앞에서 경사가 끝났다. 풍차 토대를 둘러싼 땅은 모두 깨끗하게 골라서 돋워 올린 텃밭에 뒤덮였는데, 잭이 한 번도 본 적 없는 초록 식물들이 자랐다.

"뭐가 뭔지 알 때까진 아무것도 만지지 말아라." 블리크 박사가 친절하게 말했다. "솔직하게 질문하면 뭐든 대답해 줄 테지만, 여기 있는 많은 식물이 준비가 안 된 사람에겐 위험하다. 알아들었나?"

"아마도요." 잭은 말했다. "지금 질문 하나 해도 돼요?"

"그래."

"아까 한 말, 질을 구하기 위해 저한테 의지한다는 거요. 무슨 뜻이었어요?"

"피를 말한 거다, 아이야. 여기에선 이렇게든 저렇게든 모든 것이 피로 귀결되지. 이해했나?"

잭은 머뭇거리다가 고개를 저었다.

"이해하게 될 거다." 블리크 박사는 그렇게 말하고 앞치마 주머니에서 커다란 무쇠 열쇠를 꺼내어 풍차 문을 열었다.

문 안의 방은 동굴처럼 커서, 사방이 풍차의 둥근 벽에 둘러싸여 있는데도 위협적인 느낌이 사그라들지 않았다. 머리 위 천장은 6미터도 넘었는데, 잭이 본 적 없는 물건들이 줄줄이 매달려 있었다. 박제한 파충류와 조류, 그리고 가죽 날개를 쫙 펼친 채 영영 얼어붙은 익룡처럼 보이는 것도 있었다. 벽에는 다양한 공구 걸이와 기묘한 병과 더 기묘한 도구들이 빼곡한 선반들이 자리했다.

그 방에 있는 세 개의 벽난로 중에서 제일 작은 난로 근처에 커다란 참나무 테이블이 하나, 그리고 모든 난로에서 멀리 떨어진 방 한가운데에는 수술대처럼 보이는 테이블이 하나 있었다. 정체를 알 수 없는 기계들이 있었고, 단지마다 들어 있는 무시무시한 생물들의 생명 없는 눈동자가 잭을 따라 움직이는 것 같았다. 잭은 천천히 방 한가운데로 걸어 들어갔다. 그 자리에서는 몸을 돌려 모든 것을 볼 수 있었다.

방 중앙에는 나선 계단이 자리를 잡고서 지하실과 위층 양쪽으로 이어졌는데, 위에는 분명 다른 방들, 다른 소름끼치는 놀라움들이 있을 터였다. 풍차에 지하실이 있다니 이상했다. 잭이 생각도 해 보지 않은 문제였다.

블리크 박사는 문을 닫지 않은 채 잭을 지켜보았다. 소녀가 비명을 지르면서 밤공기 속으로 도망친다면 바로 지금일 테니까. 그는 다른 소녀와 같이 오게 될 줄 알았다. 머리가 짧고, 마당에서 놀아서 손톱이 닳고 지저분해진 아이. 그는 겉보기가 속임수일 수 있다는 사실을 대부분의 사람보다 잘 알았지만, 그래도 몇 가지 지표는 사실일 때가 많았다. 이 소녀는 과보호와 귀여움을 받고 자란 모양새였다. 이런 소녀들이 이런 곳에서 잘 사는 일은 별로 없었다.

잭은 탐색을 끝내고 박사를 돌아보았다. 그리고 얼룩

이 진 데다가 갈수록 뻣뻣해져 가는 드레스 치맛자락을 들어 올렸다.

“이 옷은 여기저기 걸릴 거예요. 제가 입을 수 있는 다른 옷이 있을까요?”

블리크 박사는 눈썹을 들어 올렸다. “질문은 그것뿐인가?”

“전 이것들 대부분이 뭔지 모르지만, 박사님이 가르쳐 준다고 하셨으니까요.” 잭은 말했다. “저는 어떤 질문을 해야 하는지 모르니까, 박사님이 답을 먼저 주시면, 그 답을 질문과 맞춰 볼 수 있을 거라고 생각해요. 그런데 늘상 여기저기에 걸린다면 그럴 수 없겠죠.”

블리크 박사는 문을 닫으면서 잭을 가늠해 보았다. 어쩐지 이제는 잭이 달아날까 걱정되지 않았다. “나와 같이 오면 일을 해야 할 거라고 경고했지. 네 손에는 굳은살이 생기고 무릎에는 멍이 들 거다.”

“일은 싫지 않아요.” 잭이 말했다. “일을 별로 해 보진 않았지만, 얌전히 앉아 있는 데엔 질렸어요.”

“좋다, 좋아.” 블리크 박사는 높은 선반 하나를 향해 걸어갔다. 그는 위쪽으로 손을 뻗더니, 트렁크 하나를 거미

줄과 공기로 만들어졌다는 듯이 가볍게 들어서 내렸다. 그는 트렁크를 바닥에 놓고 말했다. "마음에 드는 옷을 입거라. 다 깨끗한 옷이다. 세탁을 하고 나서 여기에 넣어 놓았으니까."

잭은 그 설명을 지시로 들었기에, 고개를 끄덕인 후 조심스럽게 트렁크로 다가가서 무릎을 꿇고 열었다. 옷이 가득했다. 다 아이 옷이었는데, 어떤 옷은 처음 보는 스타일이었다. 상당수가 오래된 흑백 영화에서 튀어나온 것처럼 고풍스러웠다. 희미하게 빛나는, 초현대적이기까지 한 옷감으로 만들거나, 상상하기 힘든 체형에 맞을 법한 옷도 있었다. 상반신이 다리만큼 길거나, 팔이 셋 달렸거나, 머리통을 뺄 구멍이 없다거나 하는 식이었다.

결국 잭은 커프스와 칼라가 달린 빳빳한 하얀색 면 셔츠와 캔버스 천으로 만든 듯한 무릎 길이의 검은색 치마를 골랐다. 이 정도면 일하는 방법을 배우기에 충분히 튼튼할 테고, 움직일 때 걸리거나 거치적거리지 않을 것 같았다. 다른 사람의 속옷을 입는다는 건 아무리 여러 번 빨았다 해도 심란했지만, 그래도 결국 잭은 수치심에 뺨이 홧홧해진 채로 하얀 속바지를 하나 골랐다.

잭이 옷을 고르는 모습을 지켜보던 블리크 박사는 (속바지는 빼고. 아이가 뭘 찾는지 깨달았을 때 점잖게 몸을 돌렸다) 미소짓지 않았다. 미소는 그의 방식이 아니었다. 그러나 그는 잘했다는 뜻으로 고개를 끄덕이고 말했다. "계단 위로 올라가면 빈 방이 몇 개 있을 거다. 그중 하나를 네 방으로 삼아서, 네 물건들을 넣어 놓고 혼자 있어야 할 때 쓰거라. 게으름을 피울 기회가 별로 없을 테니, 가능할 때는 그런 시간을 즐기라고 권하마."

잭은 머뭇거렸다.

"뭐지?" 블리크 박사가 물었다.

"그게… 더러운 건 제 드레스만이 아니거든요." 잭은 평생 자신이 더럽다는 사실을 인정해 본 적이 없다는 듯, 얼굴을 구기면서 말했다. 아마 실제로 그랬으리라. 아마 그럴 기회가 주어진 적이 없었을 것이다. "혹시 목욕을 할 수 있을까요?"

"네가 직접 물을 나르고 데워야 할 테지만, 그게 네가 원하는 거라면 하거라." 블리크 박사는 트렁크를 닫아서 다시 원래 있던 선반에 올렸다. 그러더니 천장에 매달린 갈고리에서 커다란 양철 통을 하나 내렸다. 필요하다면 잭이 기어 다닐 수 있겠다 싶을 정도로 얕으면서, 집에 있는 욕조만큼 컸다.

잭의 눈이 커졌다. 집에 있던 욕조를 생각하니, 이 물건과 그 욕조는 분명 같은 물건이었다. 몇 세기의 기술 발전 차이는 있었지만, 똑같은 목적을 수행했다.

블리크 박사는 방 안의 세 난로 중에서 제일 큰 벽난로 앞에 그 통을 내려놓고, 선반에서 주전자를 하나 집어서 잭에게 건넸다. "우물은 바깥에 있다. 나는 두 시간 후에 돌아오마. 몸을 씻을 방법을 알아내 보거라." 박사는 그렇게 말하고 성큼성큼 문으로 걸어가서 무어스로 나갔고, 어리둥절해진 잭은 주전자를 두 손에 쥐고 입을 딱 벌린 채 그 뒷모습을 보았다.

"마스터께서는 아가씨가 씻고 말쑥하게 단장하기를 바라세요." 메리는 빗으로 헝클어진 질의 머리카락을 당기면서 말했다. 질은 거친 빗살에 움찔거리지 않으려고 이를 악물었다. 질은 직접 머리를 빗는 데 익숙했고, 때로는 몇 주 동안이나 엉킨 채로 지내다가 가위로 잘라야 할 때도 있었다.

질이 들어가게 된 방은 작았고 탤컴 파우더와 톡 쏘는 구리 냄새가 났다. 벽에는 옅은 분홍색 벽지를 발랐고, 어머니의 것과 흡사한 화장대가 한쪽 벽을 다 차지했다. 거울은 없었다. 이 방에서 정말로 이상한 부분은 그것뿐이었고, 다른 면에서는 질에게도 묘하게 친숙했다. 이런 여성의 성채에 질은 언제나 입장을 거부당했다. 이런 의자에 앉아서 빗질을 받으며 '단장할' 준비를 하는 쪽은 늘 잭이었다.

"너무 짧아서 안타깝네요." 메리는 질이 불편해하는 줄도 모르는 듯 말했다. "아, 그래요. 머리카락은 길어질 테고, 이러면 마스터께서 이미 자란 머리를 잘라 낼 일 없이 제일 마음에 드는 길이를 정하실 수 있겠죠."

"제가 머리를 기르나요?" 질은 갑자기 희망을 품고 물었다.

"목을 덮을 정도까지는요." 메리의 말투는 불길했는데, 질은 전혀 눈치채지 못했다. 머리카락이 길어지면 어떻게 보일지, 목덜미에 머리카락이 닿으면 어떤 느낌일지 생각하느라 너무 바빴다. 그러면 길거리에서 마주치는 어른들도 잭에게처럼 미소지어 줄까, 흔한 톰보이가 아니라

특별하고 아름다운 존재를 보듯이 웃어 줄까 궁금했다.

아이들을 자기 자신으로 살지 못하게 할 때 —알아서 자기 길을 고르게 두지 않고 이렇게 저렇게 해야 한다는 생각을 주입할 때— 곤란한 부분은, 설계하는 사람이 모델의 욕구에 대해 아무것도 모르는 경우가 너무 많다는 점이다. 아이들은 조각가의 변덕에 따라 빚어낼 수 있는 무정형의 점토도 아니고, 가장 잘 맞는 모드로 맞춰 주기만 기다리는 똑같이 생긴 텅 빈 인형도 아니다. 아이들 열 명에게 장난감 상자를 주면, 성별이나 종교나 부모의 기대에 상관없이 열 개의 다른 장난감을 고를 것이다. 아이들에게는 취향이 있다. 다만 어떤 인간이든 그렇듯이, 아이들도 너무 오랫동안 취향을 부정당하다 보면 위험이 찾아온다.

질은 머리를 기르고 예쁜 치마를 입은 뒤 쌍둥이 언니 옆에 앉아서, 사람들이 세상에 이 얼마나 사랑스러운 한 쌍이냐고 속삭이는 소리를 들으면 어떤 기분일지 언제나 알고 싶었다. 스포츠도 좋아하기는 했지만, 책 읽기도 좋아했다. 뭔가를 아는 것을 좋아했다. 어쩌면 아버지가 고집하지 않았어도 축구 선수가 됐을지 모른다. TV로 우주

선을 보고 영화관에서는 슈퍼히어로를 보았을지도 모른다. 질이라는 사람의 핵심은 부모님의 욕망과는 무관하고, 모두 질의 마음속 욕망과 관련되어 있으니까. 하지만 그중에 어떤 일은 드레스를 입고 했을 것이다. 질은 원하는 것들 중 절반을 너무 오래 금지당하는 바람에, 오히려 그 절반에 취약해졌다. 그쪽은 금단의 과일이었고, 금지된 것이 다 그러하듯 그걸 먹게 해 주겠다는 약속조차도 맛있었다.

"머리가 길자면 시간이 걸릴 거예요." 메리는 질이 경고를 귓등으로 흘려들은 것을 알고 말했다. "옷은 바로 수선할 수 있어요. 점심 식사 시간에 맞춰서요. 목욕물을 떠다 놓았어요." 메리는 빗을 옆에 놓고, 질에게 의자에서 일어나라고 손짓했다. "나오실 때는 새 옷을 준비해 둘게요."

질은 기대감에 촉각을 곤두세우고 일어섰다. "어디로 가요?"

"저기요." 메리는 조금 전까지만 해도 그곳에 없었던 문을 가리켰다.

질은 망설였다. 문은 위험한 물건이었다. 마스터는 (그리고 그 불쾌한 블리크 박사는) 질을 집에 다시 데려갈

문에 대해 이야기했는데, 질은 집에 갈 준비가 되지 않았다. 질은 여기 남아서, 마음대로 머리를 기르고 치마를 입고 원하는 사람이 되어도 괜찮은 세상에서 모험을 즐기고 싶었다.

메리는 그 망설임을 보고 한숨을 내쉬며 고개를 저었다. "이건 아가씨 집으로 가는 문이 아니에요. 마스터의 성채는 고정되어 있지 않고, 우리의 요구에 맞춰서 변할 수 있어요. 가세요. 몸을 씻으세요. 마스터를 기다리시게 하면 안 돼요."

메리의 경고는 흘려들었을지 몰라도, 질은 이렇게 말해 놓고 저렇게 행동하는 어른들에 둘러싸여 성장했다. 어떤 욕구에 사로잡힌 나머지, 아이들에게도 별도의 욕구가 있을지 모른다는 생각 한 번 떠올린 적 없는 어른들 말이다. 가능하다면 어른을 실망시키지 않는 것이 좋다는 정도는 잘 알았다.

"알았어요." 질은 문을 열고 인어의 동굴에 발을 들였다. 물에 빠져 죽은 소녀의 안식처였다. 비늘처럼 반짝이는 파란색과 은색 타일로 덮인 벽은 둥글게 모여서 높고 뾰족한 지붕 돔을 형성했다. 그 돔은 꽃잎이 열리기 직전에 얼어붙은 꽃송이 모양이었고, 떨어지기 전에 수정으로 변한 눈물 모양이었다. 벽 여기저기에 파인 작은 공간마다 촛불이 있어서, 너울거리는 불빛을 사방에 드리웠다.

바닥은 얇은 입술 같아서, 제일 넓을 때도 60센티미터를 넘지 않는 폭으로 방 바깥쪽을 둥글게 둘렀다. 나머지 공간은 달콤한 향기가 나는 물이 가득한 목욕탕이었고, 거품이 여기저기 떠 있었다. 사방에서 장미와 바닐라 냄새가 났다. 질은 발을 멈추고 빤히 쳐다보았다. 이건…이건 놀라웠다. 믿어지지가 않았다. 이게 다 그녀를 위한 거라니.

우쭐하고 기쁜 마음이 작은 화살처럼 심장을 파고들었다. 잭은 여기에 없었다. 잭은 이 방에 서서 동화 속 공주님에게 딱 맞는 목욕탕을 보고 있지 않았다. 이건 질의, 질만을 위한 공간이었다. 이 이야기에서는 잭이 아니라 질이 공주님이었다.

(바로 그 순간에, 잭이 어떻게 하면 데지도 않고 얼지도 않으면서 우물에서 주전자를 거쳐 양철 욕조에 물을 옮길 수 있을까를 두고 고민하고 있었다는 사실을 알았다면, 그랬다면 질은 이 우쭐한 기분을 부끄러워했을까? 아

니면 언제나 애지중지만 받던 침착한 쌍둥이 자매가 엉덩이까지 오는 미지근한 물속에 앉아서, 자기 몸에서 나온 땟국물에 절여진 채, 한때는 살아 있는 동물이었지만 이제는 그 뼈로만 기억되는 뻣뻣한 노란 해면으로 가장 더러운 부분을 벅벅 닦아 낸다는 생각에 고소해했을까? 우월감을 느낄 요소가 있을 때면 둘 사이가 얼마나 빠르게 멀어지는지.)

질은 얼룩지고 더러워진 옷을 벗고 목욕탕에 들어갔다. 온도는 완벽했고, 향수와 오일을 섞은 물은 비단처럼 매끄러웠다. 질은 턱까지 몸을 담그고 눈을 감은 채 그 열기를 즐겼고, 곧 *깨끗해진다*는 생각을 즐겼다.

시간이 얼마나 흘렀을까, 문을 두드리는 소리가 나더니 메리가 힘차게 외쳤다. "나오실 시간이에요, 아가씨. 옷은 준비됐고, 점심 식사 시간이 다 됐어요."

질은 멍한 상태에서 퍼뜩 깨어나서 항의하려고 입을 열었다. 방금 아침 식사를 했는데, 벌써 점심 시간일 리가 없다는 생각이 들었다. 그러나 그때 배가 요란하게 꼬르륵거렸다. 물은 아직 따뜻했지만, 어쩌면 마법의 성안에 있는 마법의 방에서는 그게 중요하지 않은지도 몰랐다.

"가요!" 질은 그렇게 외치고 물속을 걸어서 옷을 벗어 두었던 자리로 향했다. 옷은 없었고, 수건과 로브만 놓여 있었다. 어떻게 하라는 건지 이해한 질은 수건으로 몸을 닦고, 보드랍고 하얀 데다 목욕 거품 같은 감촉이 드는 로브를 걸쳤다. 수건 걸이나 바구니는 없었다. 질은 사용한 수건을 최대한 조심스럽게 접어서 벽 아래에 두면서 이 정도면 성 주인에게 충분히 깔끔한 것이기를, 충분히 잘한 것이기를 빌었다. 그런 다음에 방을 나서서 메리가 기다리는 곳으로 갔다.

하녀는 질을 찬찬히 다시 훑어보더니, 약간 놀란 투로 말했다. "이만하면 되겠군요. 자요." 메리는 엷은 색 옷감 꾸러미를 집어 들어 소녀에게 건넸다. 마치 나아가는 멍자국 같은 옅은 자주색과 파란색과 흰색 옷이었다. "입으세요. 버튼을 채울 때 도움이 필요하다면 얘기하세요. 마스터께서 기다리십니다."

질은 옷을 받아들면서 말없이 고개를 끄덕였고, 방 반대쪽에 칸막이 병풍이 나타난 것을 보고도 놀라지 않았다. 자연스럽게 그 뒤로 들어가서, 대기한 의자에 옷을 놓고 로브를 풀고 혼자 옷을 입었다.

속옷은 아는 형태여서 다행이었다. 팬티와 반쯤은 얇은 탱크탑 같은 슬립 슈미즈였다. 그런데 드레스는… 아, 드레스.

그 드레스는 겹겹이 늘어진 옷감의 바다, 쏟아지는 실크의 바다였다. 어른의 몸을 꾸미려고 만든 어른용 드레스는 아니었다. 어린아이를 위해 만들어진 공상의 산물, 소녀라기보다는 거꾸로 뒤집힌 난초처럼 보이게 만들어주는 드레스였다. 어디가 머리 구멍이고 어디가 팔 구멍인지 알아내기 위해서만 세 번은 시도해야 했고, 겨우 팔과 머리를 끼웠지만 드레스가 딱 맞지 않고 축 늘어지는 느낌이 들었다.

"메리?" 질은 희망을 품고 하녀를 불렀다.

하녀가 칸막이 옆을 돌아서 들어오더니, 질이 입은 모양새를 보고 혀를 찼다. "그 옷을 맞게 입으려면 조여야 해요." 하녀는 버튼과 매듭과 똑딱이 단추를 다 묶고 채우기 시작했다. 어찌나 그 수가 많은지, 메리의 손가락이 움직이는 모습만 보고도 질의 머리가 어지러울 정도였다.

하지만 메리가 그 일을 끝내자 드레스는 맞춘 것처럼 질에게 딱 맞았다. 질이 내려다 보니 쏟아져 내리는 치맛자락 아래에 맨 발가락이 튀어나와 있었는데, 질은 그 사실에 감사했다. 그 작은 결점조차 없었다면 너무 완벽해서 진짜라고 믿을 수 없었을 것이다. 질은 고개를 들었다. 메리가 중앙에 작은 진주와 자수정 펜던트가 달린 자주색 초커 목걸이를 들고 있었다. 표정이 심각했다.

"아가씨는 이제 마스터의 집안에 속해요. 하인들 외에 누구하고든 같이 있을 때는 언제나, 언제나 초커를 하고 있어야 해요. 마스터와 있을 때도요. 이해하시겠어요?"

"왜요?" 질이 물었다.

메리는 고개를 저었다. "곧 이해하게 될 거예요." 그리고 몸을 앞으로 기울여, 질의 목에 초커를 채웠다. 딱 맞았지만, 불편할 정도로 목을 죄지는 않았다. 질은 익숙해질 수 있겠다고 생각했다. 그리고 그 초커는 아름다웠다. 질은 이제까지 아름다운 물건을 걸친 경험이 별로 없었다.

"자." 메리는 뒤로 물러서서 솔직한 눈으로 질을 보았다. "시간을 더 들이지 않고는 이 이상 꾸미기 힘들겠죠. 지금은 시간이 없으니까요. 얌전히 앉으시고, 마스터께서 말을 거실 때만 말하도록 하세요. 무슨 일이든 동의하기 전에 생각하시고요. 이해하셨나요?"

'아뇨.' 질은 그렇게 생각하면서 "네."라고 대답했고, 그것으로 끝이었다. 질을 구할 길은 없었다.

20년이 넘도록 '뱀파이어'라는 말을 큰 소리로 한 적이 없고, 자신에게 주어진 한계를 지나치게 잘 알고 있는 메리는 한숨만 내쉬고 소녀에게 손을 내밀었다. "좋아요. 갑시다."

블리크 박사가 잡일을 끝내고 장작 한 아름과 허브 한 꾸러미를 들고 돌아왔을 때, 잭은 앞마당에서 양철 욕조 옆에 묻은 때를 조심스럽게 다 지워 가고 있었다. 잭은 박사의 발소리를 듣고 고개를 들었다. 박사는 그 자리에 멈춰선 채, 처음 본다는 듯한 눈으로 잭을 보았다.

잭은 우물까지 여섯 번을 왕복했고 주전자를 세 번 끓여야 했지만, 해면 옆에서 찾아낸 두꺼운 가성 비누를 써서 몸과 머리카락의 때를 씻어 내고야 말았다. 머리는 분별 있게 뒤로 땋았다. 예전에 입었던 옷 중에서 남긴 것은 신발뿐이었는데 나머지 몸과 마찬가지로 깨끗하게 닦아서 광을 낸 가죽 구두였다. 여전히 제대로 된 실험실 조수치고는 너무 섬세해 보였지만, 겉모습은 다가 아니고, 그가 시킨 일을 멈칫거리지도 않았다.

"저녁 식사는 뭐지?" 블리크 박사가 물었다.

"전혀 모르겠어요. 제가 안다 해도 드시고 싶지 않을 거예요." 잭이 말했다. "전 요리하는 방법을 모르거든요. 하지만 기꺼이 배울게요."

"기꺼이 배우겠다는 게 거짓말은 아니고?"

잭은 어깨를 으쓱였다. "거짓말이라면 박사님이 알았겠죠."

"그건 그렇구나." 블리크 박사가 말했다. "정말로 기꺼이 배울 마음인가?"

잭은 고개를 끄덕였다.

"그렇다면 좋다. 들어오거라." 블리크 박사는 땅을 먹어 치우는 듯한 큰 걸음으로 마당을 가로질렀고, 박사가 열린 문 안으로 들어가자 잭도 주저 없이 따라 들어갔다.

그리고 잭은 등 뒤로 문을 닫았다.

7

Down Among the Sticks and Bones

3
시간을 죽이는 책과 질

흔들리는 하늘,

피 흘리는 돌

두 소녀가 하나는 성에서 하나는 풍차에서, 하나는 부유하게 하나는 정교하게 수선한 걸레를 들고 보낸 시간을 하나하나 되짚는다면, 순식간에 이야기가 따분해질 것이다. 그러니 그러려고 하지는 않겠다. 우리는 따분하자고 여기 있는 게 아니니까. 그렇다. 우리는 무모한 모험담이든 조심스러운 교훈담이든 간에 이야기를 보려고 여기 있는 거고, 재미없는 일상에 낭비할 시간이 없다. 그렇다 하더라도.

그렇다 하더라도.

그렇다 하더라도, 벼랑 위의 성에 시선을 돌려 보라. 저지대 뱃속으로 허물어져 가는 절벽 위에 앉은, 바다 근처의 성을. 해 뜰 녘과 해 질 녘이면 금발의 소녀가 꿈같은 드레스를 입고, 엿보는 눈들에게서 몸을 감춘 채 흉벽 위를 산책하고, 바람이 그 긴 커튼 같은 머리카락 속에 아름다운 매듭을 짓는다. 소녀는 달이 찼다가 이지러지듯이 우유처럼 하얬다가, 여느 마을 소녀처럼 건강하게 혈색이 돌다가 한다. 아랫마을에는 소녀가 마스터의 딸이라고, 머나먼 땅의 어느 공주에게서 태어났는데 아버지가 서쪽 바람에 대고 그 이름을 울부짖자 마침내 아버지 곁으로 돌아왔노라고 소곤대는 사람들이 있다.

(마을에는 또한 더 어두운 이야기를 소곤대는 사람들도 있는데, 그들은 사라지는 아이들과 장미처럼 붉게 물든 소녀의 입술에 대해 떠든다. 그들은 소녀가 아직 뱀파이어가 아니라고 말한다. '아직'이란 참으로 강력하고 지독한 말이라서 진실 여부에 대한 의심도 없고, 그 약속으로부터 숨을 수도 없다.)

그렇다 하더라도, 언덕 위의 풍차에 시선을 돌려 보라. 주변 그 어느 곳보다 높이 서서 번개를 초대하고, 재난을 불러오는 무어스의 풍차를. 금발의 소녀가 낮이고 밤이고 일을 하는데, 흙을 다룰 때는 두꺼운 가죽 장갑을 끼고 다른 모든 일에는 섬세한 스웨이드 장갑을 껴서 손을 보호한다. 소녀는 멈추지 않고 열심히 일하고, 연기 오르는 기계에 소매를 태우고, 우주에서 가장 섬세한 작업을 들여다보느라 눈을 혹사시킨다. 벼랑 근처 마을에는 소녀가 의사 뒤를 쫓아가는 모습을 보며 미소짓는 사람들이 있다. 소녀의 신발은 계절이 흐를수록 점점 더 튼튼하고 실용적인 신발로 바뀌고 있다. 마을 사람들은 소녀가 배우고 있다고, 길을 찾고 있다고 말한다.

(마을에는 또한 더 어두운 이야기를 소곤대는 사람들도 있는데, 그들은 그 소녀와 마스터의 딸이 닮았다는 사실을 지적한다. 그들은 몸뚱이 하나로는 담을 수 있는 피에 한계가 있고, 감당할 수 있는 피해에도 한계가 있다는 사실을 안다. 아직까지 그 소녀가 부름을 받지는 않았지만, 마스터와 블리크 박사가 충돌할 때 승자가 누구일지는 물어볼 필요도 없다.)

이 두 소녀를 보라. 성장해서 새로이 주어진 모습으로 자라나는, 부모라도 알아보지 못하고 비웃을 소녀들로 자라나는 모습을. 이 바람이 지배하는 곳, 달을 올려다보는 것조차도 늘 안전하지만은 않은 곳에서 스스로를 찾고 있는 두 소녀를.

혼자만의 방에서 혼자만의 삶을 살며 점점 더 서로에

게서 멀어지는, 그렇다고 완전히 서로를 놓지도 못하는 두 소녀를 보라. 얇고 가벼운 가운을 입고 흉벽에 서서 언니를 언뜻이라도 보고 싶어 하는 소녀를, 지저분한 앞치마를 걸치고 풍차 꼭대기에 앉아서 멀리 마을 벽을 보는 소녀를. 두 소녀에게는 공통점이 너무나 많고도 너무나 적다.

눈이 날카로운 사람이라면 척 보자마자 상처 입은 심장 하나가 낫기 시작하자 다른 상처 입은 심장이 썩기 시작했음을 알 수 있을지도 모르겠다. 시간은 계속 지나간다.

우리가 건너뛰는 세월에는 이야기가 있는 순간들이, 또 이야기 자체이기도 한 순간들이 있다. 잭과 질은 똑같은 날에 월경(월경이라는 말은 마을 여자들이, 그리고 다른 시대 사람인 메리가 쓰는 표현인데, 잭은 그 말이 고풍스러워서 매력적이라고 생각하고, 질은 낯설어서 무섭다고 생각한다)을 시작한다. 잭은 속바지 안에 헝겊을 채우다가 더 나은 방법을 찾아보려고 한다. 무어스에서 피 냄새를 풍기는 건 위험하다. 블리크 박사는 잭을 도와 달라고 마을 여자들을 부른다. 그들은 낡은 옷과 바늘을 들고 온다. 잭은 박사의 허브와 약초들을 헤집어서 화학식을 시험하다가 딱 맞는 조합을 찾아낸다. 이 둘을 합쳐서 잭과 마을 여자들은 염탐하는 코들이 피 냄새를 맡지 못할 더 강력하고 안전한 생리대를 만든다. 이는 집 밖으로 나가야 할 때 여자들을 안전하게 지켜 주고, 괴물들과 마스터가 그들을 알아차리지 못하게 해 준다.

그날, 마을 여자들은 조금이라도 잭을 사랑하게 된다.

이 모든 일이 일어나는 동안, 질은 향기 나는 목욕물에 더 깊이 잠겨서 물속에 피를 흘리다가, 소고기 찹스테이크와 시금치를 먹을 때만 밖으로 나온다. 모든 것이 이상해서 머리가 빙빙 돈다. 그리고 이 첫 생리 기간이 지나가자 마스터가 찾아와서 마침내 이빨을 보여 주는데, 질이 오랫동안 꿈꾸던 일이다. 마스터는 거의 해가 뜰 때까지 밤새도록 질과 대화하면서 질이 편안하도록 하고, 질이 *이해하도록* 한다.

그는 질이 고등학생이 되면 만날까 두려워하던 남자들과 많이 다르지 않다. 그런 남자들과 비슷하게 그도 질의 몸을 원한다. 그런 남자들과 비슷하게 그도 질보다 덩치가 크고, 힘이 세고, 수많은 면에서 질보다 강하다. 하지만 그런 남자들과 달리 그는 거짓말을 하지 않고, 자기 의도를 가리지도 않는다. 그는 배가 고프고, 질은 그의 식탁에 올라간 고기이자 잔에 부을 와인이다. 그는 별이 다 타서 없어질 때까지 질을 사랑하겠다고 약속한다. 질이 충분히 나이를 먹으면 자신과 같은 존재로 만들어 주겠다고, 그러면 다시는 무어스를 떠날 필요가 없다고 약속한다. 그래서 그가 대답을 달라고 했을 때, 질은 2년 동안 목을 감싸고 있던 초커를 풀어서 떨어뜨리고, 보드라운 하얀 목선을 드러낸다.

모든 것을 바꿔 놓는 순간들이 있다.

질이 이름만 빼고 모든 면에서 마스터의 자식이 된 지 1년 후, 잭은 함께 사는 풍차 꼭대기층에서 블리크 박사 옆에 선다. 지붕은 열려 있었고, 하늘을 물들인 폭풍은 새까만 색깔로 몸부림치다가 한 번씩 번갯불에 밝혀진다. 두 사람 사이 석판에는 마을 소녀 하나가 누워 있는데, 두 손은 금속 말뚝에 단단히 묶였고 몸에는 시트를 덮었다. 그 소녀는 잭보다 한 살밖에 더 먹지 않았고, 해가 떴을 때 죽은 채로 발견되었으며, 머리카락에 남은 흰 줄무늬를 보니 유령 애인이 너무 깊이 키스하는 바람에 심장이 멈춘 게 분명했다. 손상 없이 멈춘 심장은 때로, 딱 맞는 환경만 조성한다면 다시 뛰게 만들 수 있다. 그 딱 맞는 환경을 마련할 수 없을 때는, 번개가 놀랍도록 좋은 대용품이 되어 줄 수 있다.

블리크 박사가 큰 소리로 지시를 내리자 잭은 서둘러 이행한다. 하늘에서 번개가 뱀처럼 흘러내려 두 사람이 배열해 놓은 기계들을 때린다. 잭은 그 충격에 방 저편으로 나동그라진다. 앞으로 사흘 동안은 목 안쪽에 쇠 맛이 날 것이다. 사방이 고요하다.

석판에 누운 소녀가 눈을 뜬다.

호박에 갇힌 곤충처럼 평범한 시간 덩어리 속에 빠져, 모든 것을 바꿔 놓는 순간들이 있다. 그런 순간들이 없다면 인생은 지루하고 예측 가능할 것이다. 하지만 그런 순간들이 있다면. 그런 순간들이 있을 때 인생은 번개처럼, 흉벽 위에 부는 바람처럼 마음대로 흘러간다. 아무도 막을 수 없으며 아무도 "안 돼."라고 말할 수 없다. 잭은 그 소녀를 부축해 일으키고, 이제 모든 것이 달라졌으며 아무것도 전과 같지 않을 것이다.

그 소녀의 눈은 언덕에 자라는 헤더처럼 푸르고, 하얗게 바랜 부분을 뺀 머리카락은 말린 양치류 같은 금빛이며, 잭이 표현할 말을 찾아 더듬거릴 만큼 아름답다. 자연의 법칙과 과학의 법칙에 한꺼번에 반항하는 것 같은 아름다움이다. 그 소녀의 이름은 알렉시스이고, 그녀가 잠시라도 죽었다는 것은 범죄다. 그녀가 없으면 세상이 더 어두워지므로.

(잭은 미처 그 어둠을 알지 못했지만, 그건 중요하지 않다. 동굴 속에서 평생을 산 남자는 태양을 보기 전까지는 태양이 없음을 슬퍼하지 않는 법이거니와, 일단 태양을 보면 다시는 지하로 돌아갈 수 없다.)

알렉시스가 풍차 뒤에서 잭에게 처음 키스했을 때, 잭은 질과 공통점이 하나 생겼음을 깨닫는다. 잭은 왔던 세상으로 다시는, 다시는 돌아가고 싶지 않아졌다. 이 세상, 번개가 치고 푸른 눈의 아름다운 소녀들이 있는 이 세상을 가질 수 있다면 다시는.

모든 것을 바꿔 놓는 순간들이 있고, 일단 바뀐 것은 다시 돌아가지 않는다. 나비는 두 번 다시 애벌레로 돌아갈 수 없다. 뱀파이어의 딸과 미친 과학자의 제자, 그들은 두 번 다시 나선 계단을 내려와서 문을 통과했던 그 순진하고 순수한 아이들로 돌아가지 않을 것이다.

그들은 변했다.

이야기도 그들과 함께 변한다.

"잭!" 블리크 박사의 목소리는 날카로운 명령조여서, 못 들은 척하기가 불가능했다. 잭에게 못 들은 척하는 습관이 있다는 뜻은 아니었다. 박사와 처음 한 계절만 보내고도 박사가 "뛰어라."라고 하면, "얼마나 높이요?"라고 묻는 게 정확한 반응이 아님을 배우기엔 충분했다. 그럴 때는 제일 가까운 절벽으로 달려가서 중력이 해결해 주리라 믿어야 했다.

그렇다 해도, 박사가 *최악의* 타이밍에 부를 때가 있었다. 잭은 알렉시스의 품에서 벗어나서 던져두었던 선반에서 장갑을 낚아채고, 장갑을 끼면서 외쳤다. "가요!"

알렉시스는 한숨을 쉬면서 일어나 앉아서 원피스를 원래 위치로 끌어내렸다. "이번엔 뭘 원하신대?" 알렉시스는 물었다. "아빠가 나보고 밤이 되기 전에 돌아오랬는데." 무어스에서 낮은 짧고 귀한 시간이었다. 때로는 몇 주씩 태양이 구름 뒤에서 나오지 않아서, 조심스러운 뱀파이어와 부주의한 위어울프들이 제시간도 아닌데 설치고 다니기도 했다. 알렉시스의 가족은 여관을 하나 운영했다. 드물게 햇빛이 나오는 시간에 농사를 짓거나 사냥을 하느라 걱정할 필요는 없었다. 그러나 그렇다고 해서 자식의 두 번째 장례식을 서둘러 치르고 싶다는 뜻은 아니었다.

(한 번 죽었다가 부활한 사람들은 뱀파이어가 될 수 없었다. 언데드들이 재생산에 쓰는 기묘한 메커니즘이 무엇인지는 몰라도 마법임에는 분명했고, 그 마법은 번개와 바퀴를 이용한 과학을 꺼렸다. 알렉시스가 아무리 갈수록 예뻐진다 해도 마스터의 변덕으로부터는 안전했다. 그러나 무어스에 괴물은 마스터 하나가 아니었고, 대부분의 괴물은 알렉시스의 의료 병력에 관심 없이 그냥 잡아먹을 터였다.)

"내가 알아볼게." 잭은 서둘러 조끼 단추를 잠그면서 말했다. 그러다가 멈춰서서 알렉시스를 보고, 그 부드러운 흰 곡선을, 둥근 어깨와 가슴을 눈으로 탐닉했다. "그냥… 그냥 여기 조금만 있어 줘. 알았지? 내가 최대한 빨리 돌아올게. 네가 가만히 있는다면 목욕을 또 할 필요는 없을 거야."

"안 움직일게." 알렉시스는 느긋하게 웃고는 침대에 드러누워서 박제가 여기저기 달린 천장을 응시했다.

블리크 박사와 4년을 보낸 잭은 꿈도 꾸지 못했을 만큼 튼튼해졌고, 죽은 몸뚱이와 감자 푸대를 똑같이 쉽게 어깨에 지고 갈 수 있게 되었다. 쑥쑥 자라는 잡초처럼 성장하기도 해서, 바지를 수선할 천을 새로 사느라 몇 번이나 마을을 왕복해야 했다. 열네 살쯤에는 블리크 박사의 옷 보관 트렁크에 맞는 옷이 없어졌는데, 팔다리는 길고 가슴이 봉긋해지는 한편, 예측 불가의 성질을 부렸다. (그 해는 스스로도 이해하지도 설명하지도 못할 이유로 블리크 박사에게 소리를 질러 대면서 시간을 다 보냈다. 말해두지만, 박사는 잭의 예측할 수 없는 성질을 감탄스럽게 잘 참아 줬다. 본인도 어느 정도 예측할 수 없는 성질의 소유자이긴 했고.)

형편없이 기워 놓은 바지가 세 번째로 틀어지고 나자, 잭은 자기 옷을 직접 만드는 방법을 배웠고, 아예 옷감을 통으로 사서 원하는 모양으로 자르고 붙였다. 직접 만든 옷이 아름다운 뱀파이어 궁정에서 건배할 수준에 이르지는 못했지만, 팔다리는 가려 줬고 몸도 보호해 줬다. 블리크 박사는 잭의 옷이 점점 더 박사의 옷과 비슷해져 가자 이해한다는 뜻으로 조용히 고개를 끄덕였다. 손목에는 커프스가 달렸고, 단추는 꼭꼭 채웠으며, 목에는 크라바트를 맸는데, 겉보기에는 패션 같았지만 사실 그 섬세한 갑옷은 아무것도 통과하지 못하게 하기 위한 장치였다. 잭이 남자 옷을 입는 건 스스로의 여성성을 부정하려는 게 아니었다. 그보다는 부식성 화학 약품과 그 외에 좀 더 일상적인 화합물들로부터 몸을 지키기 위해서였다.

몸은 여전히 말랐는데, 이는 대체로 배불리 먹기는 했지만 한 접시를 더 먹는다거나, 차를 마실 때 달콤한 푸딩을 곁들이는 호사를 누리지 못했기 때문이다. 여전히 피부는 희었는데, 무어스에는 햇빛이 드물었기 때문이다. 금발은 여전히 길었는데, 촘촘하게 땋아서 등에 늘어뜨렸다가 아침마다 다시 묶었다. 알렉시스는 그녀의 금발이 버터 같다고 했고, 가끔은 잭을 꼬드겨서 땋은 머리를 풀고 구불구불한 머리카락 사이에 손가락을 넣어 빗으면서 쓰다듬었다. 하지만 오래 풀고 있을 때는 없었다. 잭의 모든 것이 다 그렇듯, 머리카락도 정확하게 정돈됐고 언제나 정해진 자리에 따랐다.

제일 새로운 부분은 잭의 안경으로, 블리크 박사의 실험실에서 렌즈를 갈아서 철사를 구부려 만든 테에 끼운 물건이었다. 안경이 없으면 세상이 약간 흐릿하게 보였는데, 이 세상이 때로 얼마나 잔혹할 수 있는지 생각하면 그것도 나쁘진 않겠지만, 과학자에게는 좋지 않았다. 그래서 잭은 안경을 꼈고, 사물을 원래 모습 그대로 날카롭고 선명하며 무자비하게 바라보았다.

블리크 박사는 풍차 안에 있었는데, 커다란 갈색 박쥐 하나가 부드러운 날개막에 못이 박힌 채 부검대에 펼쳐진 채였다. 예방 차원에서 박쥐의 입에는 마늘과 들장미 꽃잎을 가득 밀어 넣었다. 그 박쥐가 놀러 온 뱀파이어라는 증거는 없었으나, 그렇지 않다는 증거도 없었으므로.

"네가 마을에 다녀와야겠다." 박사는 고개도 들지 않고 말했다. 왼쪽 눈에는 정교한 돋보기를 써서, 박쥐의 내부 장기를 무섭도록 크게 확대해 보고 있었다. "바꽃, 비소, 그리고 초콜릿 비스킷이 떨어져 가는구나."

"전 아직도 여기에서 어떻게 초콜릿을 먹을 수 있는지 모르겠어요." 잭은 말했다. "코코아 나무는 열대 기후에서 자라는데, 여긴 열대 기후가 아니잖아요."

"만 아래에 사는 무서운 것들이 배를 난파시킨 다음에 거기서 꺼낸 것들을 마을 사람들이 주는 보드카와 바꾼다." 블리크 박사는 말했다. "럼주와 차, 가끔은 저주받은 우상도 같은 경로로 얻지."

"하지만 그 배들은 어디에서 오는데요?"

"멀리서." 블리크 박사는 짜증을 감추려고 하지도 않고 눈을 들었다. "바다는 해부하거나 부활시키거나 달리 과학적인 방식으로 괴롭힐 수 없으니 그냥 내버려 둬라, 제자야."

"알겠습니다." 잭은 말해 놓고 나서야 뒤늦게 블리크 박사의 나머지 말을 이해했다. 잭의 눈이 커졌다. "마을에요?"

"네 풍만한 친구와 시간을 보내느라 얼마 있지도 않던 정신마저 망가진 거냐? 이제 겨우 너를 쓸 만하게 훈련시켰는데, 이제 와서 새로운 제자를 받을 기분은 아니다. 그래, 잭, 마을이다. 필요한 물건들이 있어. 너는 제자니까, 물건들을 가져와라."

"하지만 박사님…." 잭은 창문을 흘긋 보았다. 태양이 위험할 정도로 낮게 떠 있었다. "밤이 오는데요."

"그러니 위어울프를 쫓을 바꽃을 사야지. 황야의 가고일들은 널 귀찮게 하지 않을 거다. 아직 우리가 지난 달에 무리 지도자를 고쳐 준 데 대해 고마워하니까 말이야. 뱀파이어는, 글쎄. 그쪽은 별로 걱정하지 않아도 된다."

잭은 항의하고 싶었다. 항의하려고 입을 벌리기도 했다. 그러나 박사를 보니 지는 싸움임이 뻔했기에 다시 입을 닫았다. "알렉시스를 집까지 바래다줘도 될까요?" 잭은 물었다.

"상점에 늦지만 않는다면 네가 뭘 하든 상관없다." 블리크 박사는 말했다. "걔네 가족에게 안부 전해 주고."

"네, 박사님." 잭은 말했다. 알렉시스네 가족에게 블리크 박사님의 안부 인사를 전한다는 건 아마도 최소한 스튜 한 냄비와 커다란 빵 덩이를 들고 집에 오게 된다는 뜻이었다. 그들은 박사가 딸을 되살렸다는 사실을 알았고, 더해서 알렉시스가 아름답다는 사실도 알았다. 알렉시스는 죽었다가 부활한 덕분에 뱀파이어의 영생에서 보호받을 것이다. 그것만 해도 별들이 다 꺼질 때까지 박사에게 고마워할 일이었다.

잭은 문 옆에 놓인 바구니를 집어 들고, 생활비를 담아

두는 단지에서 마스터 얼굴이 찍힌 작은 금화 스무 닢을 헤아렸다. 그런 다음에는 어깨를 살짝 늘어뜨리고 알렉시스에게 가자고 말하러 갔다.

블리크 박사는 잭이 사라진 후에야 고개를 내저으며 한숨을 내쉬더니, 다른 메스에 손을 뻗었다. 잭은 훌륭한 제자였다. 배우고자 하는 열의가 높고, 훈련 시킬 가치가 있을 만큼 순종적인 동시에 마음을 쓸 가치가 있을 만큼은 반항적이었다. 무어스가 잭을 오래 데리고 있기로 한다면, 언젠가 훌륭한 의사가 될 터였다. 그리고 바로 그게 문제였다.

무어스에서 태어나는 사람은 아주 적었다. 세상은 원래 이렇게 돌아간다는 사실을 차분하고 자연스럽게 받아들이는 알렉시스 같은 경우가 오히려 정상이 아니라 일탈이었다. 자체적으로 건강한 인구수를 유지하는 다른 세상들과 달리, 무어스는 정상 인구수를 쉽게 달성하기엔 인간의 목숨에 너무 적대적이었다. 그래서 무어스는 다른 세상들로 문을 보내어 무어스에서 잘 살 수도 있을 아이들을 모은 다음, 자연스럽게 일어날 일이… 일어나도록 내버려 두었다.

블리크 박사도 무어스 태생이 아니었다. 사실을 말하자면 마스터조차도 그랬다. 마스터는 여기에 수백 년을 살았다. 블리크 박사는 수십 년을 살았다. 그는 뼈손의 개스트 박사를 스승으로 삼아 수련했고, 그녀에게는 또 더 오래전에 스승이 있었다. 그는 언젠가 죽을 것이며, 그때는 번개로도 되살릴 수 없을 터였다. 때로는 그런 마지막 휴식을 반길 수도 있겠다고 생각했다. 그때가 되면 더는 둘 중에 덜 나쁜 악당 노릇을 하지 않아도 될 테니. 둘 중에 덜 나쁘다는 이유로 자기도 모르는 새 영웅이 될 일도 없을 테고 말이다. 그는 무어스에서 태어나지 않았으나, 세상 일이 어떻게 돌아가는지 알 만큼은 그곳에 오래 살았다.

마스터는 질을 딸로 삼았다. 질은 밤마다 미소짓는 얼굴로 혼자 흥얼거리며 흉벽을 걸었고, 인간의 목숨에 대한 배려는 나날이 줄어들었다. 아직은 뱀파이어가 아니었고, 앞으로 몇 년 동안은 아닐 테지만, 문이 열려서 서로 상반된 역할에 너무나 딱 들어맞는 똑같이 생긴 두 소녀를 무어스에 맡겼다는 것은… 심란한 일이었다.

모든 것을 보고 모든 것을 판단하는 달이 마스터에게

질린 걸까? 그전에 있었던 수많은 뱀파이어 영주에게 질렸듯이? 질에게 남은 마지막 인간적인 약점이 다 제거되고 나면, 그녀는 정말로 인정 사정 없는 대체제가 될 것이다. 블리크 박사는 질이 완전히 변신한 순간부터 이야기가 어떻게 뻗어 나갈지 알 수 있었다. 마스터의 관심이라는 넌더리 나는 영광을 피하려고 최선을 다하는 잭은, 이제는 쌍둥이 동생과 거의 관련이 없어졌다 해도 여전히 질과 같은 핏줄이었다. 잭은 동생을 빼앗아 간 그자를 용서하지 않을 터였다. 미친 과학자가 단단히 결심한다면 어떤 괴물에도 필적할 수 있기에, ―그들은 이 해안가를 지배하는 봉건 가문들 사이에서 필수적인 인간 측의 균형 추였다― 그는 마스터가 끝장나고, 그자의 눈부신 새 딸이 냉담하고 잔혹하게 그 옥좌에 오르는 모습을 쉽게 상상할 수 있었다.

잭과 질은 박사 앞에서 현실이 되어 가는 이야기였고, 그는 그 이야기를 멈출 방법을 알지 못했다. 그러니 어쩌겠는가, 그는 억지로라도 잭이 동생을 보게 만들려고 했다. 질이 잭이 존재한다는 사실을, 잭이 인간이라는 사실을, 그러므로 논리상 질 역시 인간이어야 한다는 사실을 기억해 줘야 했다.

두 아이를 구할 방법은 그것뿐인지도 몰랐다.

알렉시스는 잭이 다가오는 소리를 듣고 다시 일어나 앉더니, 잭의 표정을 보고 얼굴을 찌푸렸다. "다 해결됐으니 키스를 더 해 줘, 하는 표정이 아니네."

"해결이 안 됐으니까." 잭은 말했다. "블리크 박사님이 마을에 가서 물품 좀 사오래."

"지금?" 알렉시스는 괴로움을 감추려고도 하지 않았다. "하지만 내가 여기 온 지 한 시간밖에 안 됐는데!" 그 말은 즉 그녀가 목욕을 하고 신체 검사를 하고 이를 닦고, 톡 쏘는 맛의 허브 소독제로 가글을 해서 치실을 쓸 때 박테리아 하나 풀려나지 않게 한 다음, 그러니까 잭의 기준에 충분히 깨끗해진 다음 5분도 지나지 않아서 방해를 받았다는 뜻이었다.

"나도 알아." 잭은 좌절감에 바닥을 걷어차며 말했다. "왜 지금 꼭 심부름을 시키려고 하는지 모르겠어. 미안해. 그래도 널 집까지 바래다줄 수는 있는데?"

알렉시스는 혹사당한 사람처럼 한숨을 쉬며 동의했다.

"그나마 그건 있네. 어머니가 너한테 저녁을 먹이려고 할 거야."

"그러면 고맙게 받아들여야지. 너희 어머니는 모든 것을 수명이 다하기 직전까지 끓이시니까." 잭은 말했다. "혹시 나보고 왜 장갑을 벗지 않냐고 물어보시면, 손을 베었는데 상처가 벌어지고 피를 흘렸다고, 그 때문에 언데드를 부를 위험은 무릅쓰고 싶지 않다고 할게."

"지난번에도 그렇게 말했는데."

"타당한 걱정이잖아. 어머니도 네가 마을의 멍청이가 아니라 이렇게 양심적인 젊은 수련의와 사귄다는 사실에 기뻐하셔야지."

잭은 알렉시스에게 장갑 낀 손을 내밀었다.

알렉시는 다시 한번 한숨을 내쉰 후에 그 손을 잡고 침대에서 일어났다. "네가 마을 멍청이라고 부르는 애들은 언젠가 집도 있고 자기 사업도 있을 거야. 넌 풍차를 갖게 될 거고."

"아주 *깨끗한* 풍차겠지." 잭이 말했다.

"걔들은 나에게 자식도 만들어 줄 수 있어. 어머니 말에 따르면."

"나도 자식을 만들어 줄 수 있어." 잭은 약간 모욕당했다는 듯이 말했다. "머리통이 몇 개면 좋은지, 그리고 어떤 종이면 좋을지는 네가 말해 줘야겠지만, 네가 달라는데 아이도 만들어 주지 못할 거면 이 모든 묘지를 가져서 어디다 쓰겠어?"

알렉시스가 깔깔대며 잭의 어깨를 때리자, 잭은 용서받았다는 사실을 알고 미소지었다.

무어스를 거니는 두 사람은 기묘한 한 쌍이었고, 둘 다 세상에 걱정이라고는 없어 보였다. 잭이 말랐다면 알렉시스는 풍만했고, 부유한 부모님은 결코 딸을 고픈 배로 재우지 않았으며, 딸이 스스로에게 무엇이 필요한지 잘 안다고 믿었다. (이 지역 뱀파이어가 서리 내린 날에 밖에만 있어도 죽을 날씬한 여자들을 좋아한다면, 흠, 벨트를 풀고 감자를 먹으려무나 얘야. 우린 사랑하는 딸들을 집에서 안전하게 지켜야겠다.) 잭이 머리를 단단하게 땋은 반면 알렉시스는 풀어헤쳤고, 잭은 장갑을 낀 반면 알렉시스는 맨손이었다. 하지만 그 다른 두 손은 여느 연인처럼 단단히 깍지를 껴 잡은 채였고, 두 사람은 발목이 꺾이는 일도, 상대방이 서두르게 만드는 일도 없이 똑같은 속도로 매끄럽게 걸었다.

잭은 가끔 걸음을 멈추고 주머니에서 뼈손잡이가 달린 가위를 꺼내어 덤불이나 잡초를 살짝 잘라 냈다. 알렉시스는 언제나 같이 멈춰 서서, 잭이 그 식물을 바구니 안에 넣는 모습을 관대하게 지켜보았다.

다시 걸으면서 알렉시스는 가볍게 잭을 놀렸다. "세상 모든 지저분한 식물을 다 만질 수 있으면서, 나는 끓는 물 동이 없이 못 만지는 거야?"

"난 그런 걸 만지지 않아. 내 가위가 건드리고, 내 장갑이 건드리지. 나는 만지지 않는다고. 난 거의 아무것도 만지지 않아."

"네가 만질 수 있으면 좋겠어."

"나도 그래." 잭은 뒤틀린 냉소를 지었다. "가끔 지금 내 모습을 보면 어머니가 뭐라고 할까 생각해. 내가 더러워지는 걸 두려워해야 한다고 처음 말한 사람이 어머니였거든."

"우리 어머니도 같은 말을 했는데." 알렉시스가 말했다.

"너희 어머니는 합리적인 공포의 대상이자 나에게는 세상 모든 성에 사는 모든 뱀파이어를 합친 것보다 더 무서운 분이지만, 그분도 이웃집 사람 때문에 드레스에 흙을 묻힌 나를 봤을 때의 내 어머니에 비하면 아무것도 아니야." 잭은 암울하게 말했다. "난 내 이름 철자도 배우기 전에 흙을 무서워하게 됐어."

"드레스를 입은 네가 상상이 가질 않아. 그러면 꼭…." 알렉시스는 말을 멈췄지만, 이미 늦었다. 돌이킬 수 없었다.

"그래, 내 동생처럼 보이겠지." 잭은 말했다. "우린 무시무시한 콩깍지에 든 두 개의 콩알 같을 거야. 하지만 내가 훌륭한 뱀파이어가 될 것 같진 않아. 뱀파이어는 피가 솟구칠 때 냅킨을 쥐고 있는 경우가 없잖아." 그녀는 연극적으로 몸을 떨었다. "내가 그렇게 지저분해진 꼴을 상상할 수 있어? 게다가 뱀파이어는 거울에 비치지 않아. 그러니까 내가 얼굴을 깨끗하게 닦았는지 아닌지 알 수도 없을 거야. 유일한 해결책은 밤마다 표백제에 몸을 담그는 거겠지."

"그거 머릿결에 나빠." 알렉시스가 말했다.

"심장에도 나빠." 잭은 말하면서 알렉시스의 손가락을 힘주어 잡았다. "나는 이대로의 나고, 아무리 바라거나 원한다 해도 나의 많은 부분은 바뀌지 않을 거야. 그 점은 미안해. 너와 건초더미 속에서 오후를 보낼 수 있다면, 허공에 먼지가 자욱하고 우리 살갗에는 땀이 맺혀 있는데 우리 둘 다 신경 쓰지 않을 수 있다면, 많은 걸 내놓을 수 있어. 하지만 유감스럽게도 그런 경험은 날 미치게 만들 거야. 나는 살균 환경에서 사는 생물이야. 그 점을 바꾸기엔 너무 늦었어."

"말은 그렇게 하지만, 넌 아무렇지도 않게 열린 무덤에 뛰어들잖아."

"확실히 말해 두는데, 적당한 신발을 신었을 때만 그래."

알렉시스는 웃음을 터뜨리며 잭에게 더 가까이 몸을 붙이고, 잭의 팔을 끌어안은 채 우뚝 솟은 마을 벽으로 걸어갔다. 잭의 어깨에 머리를 기대기도 했다. 잭은 숨을 깊이 들이마셔서 연인의 머리카락에서 나는 짠내를 맡으며, 피와 달빛으로 이루어진 세상에도 좋은 점은 있다고 생각했다. 바닷속에는 괴물들이 살고, 바다 밖에는 더 무서운 괴물들이 도사린 세상이지만 아름다움은 고난 속에서 더 환하게 피어나는 법이니.

가는 길이 너무 짧았다. 아니면 두 사람의 다리가 너무 길어졌는지도 몰랐다. 둘 다 어린 시절의 유령들에 너무 시달린 나머지 아직도 꾸물거린다는 섬세한 기술을 배우지 못했고, 어떤 일을 질질 끌어서 원하는 만큼 오래 지속할 줄도 몰랐다. 그들은 눈 깜짝할 사이에 큰 벽 앞에 서 있었다.

알렉시스가 잭의 손을 놓았다. 그녀는 입가에 두 손을 대고 보초에게 외쳤다. "알렉시스 차퍼, 집에 돌아가요."

"재클린 월콧, 블리크 박사님의 제자. 차퍼 양을 바래다 주고 물품을 사러 왔습니다." 잭이 외쳤다. 언제나 마을 주민이 먼저 발언했는데, 도움이 필요하다고 느낄 때 비명을 지를 기회를 주기 위해서 같았다. 이때 받는 '도움'이란 게 끓는 기름이나, 어쩌면 빗발치는 화살일 수도 있겠지만, 그래도 그 주민은 마을 사람들을 지켜 냈다는 생각을 하면서 죽을 테니까.

뱀파이어의 뒷마당에 사는 사람들이 나머지 세상을 그렇게 무서워하다니, 흥미로운 일이었다. 뭔가가 덜 익숙하다고 해서, 그들이 이미 아는 괴물보다 더 날카로운 이빨이나 잔인한 발톱을 가졌다는 의미는 아닌데 말이다.

하지만 블리크 박사는 이웃에게 심리학 실험을 해 봐야 절대로 좋은 결과가 나오지 않는다고 했고, 박사 쪽이 책임자였으므로 잭은 그런 생각을 혼자만 간직했다.

"문 조심!" 보초가 외쳤다. 고함 소리와 나무 삐걱이는 소리가 잔뜩 나더니, 문이 열렸다. 무겁고 느리게, 그리고 아마도 안전하게.

그 문 안에서 태어났으며, 마스터가 그녀의 모든 걸음을 지켜본다는 사실을 알고 있는 알렉시스는 침착하게 문을 통과했다. 자진해서 뱀파이어의 사냥터에 걸어 들어간다는 사실에 심란하지도 않은 눈치였다. 아마 정말 그럴 것이다. 잭이 그 문제에 대해 몇 번인가 이야기해 보려고 했을 때, 알렉시스는 산맥의 위어울프에 대해서나, 바닷속에 사는 '가라앉은 신들', 그리고 무어스에 있는 온갖 무시무시한 위험에 대해 음울하게 말했었다. 아무래도 그것들에 비하면 한 포식자의 원조 아래 피식자로 사는 삶이 나은 모양이었다.

아마 그렇겠지. 잭은 마스터의 지붕 밑에서 하룻밤밖에 보내지 않았고, 가끔은 동생을 구할 수 없었다는 사실이 슬프긴 해도, 그곳에서 도망친 것을 후회하지는 않았다. 질에게는 질의 선택이 있었다.

잭은 혼자 쿡쿡 웃었다. 알렉시스가 곁눈질했다.

“웃긴 일이 있어?”

“모든 게.” 두 사람이 통과하고 나서 문이 닫혔다. 잭은 알렉시스에게 손을 내밀었다. “너희 부모님을 뵈러 가자.”

빛이 바래기는 해도, 아직 해가 하늘에 걸려 있었다. 마스터는 성안 깊은 곳에서 다가올 밤을 위해 쉬고 있었다. 질은 앞으로 이틀 동안은 마스터를 볼 수 없었다. 피를 제공한 후에는 늘 그랬다. 그는 질이 정해진 나이에 이르러야 그 가슴 속의 심장을 멈추어 영원히 보존할 수 있다고 했다. 성인이 되어, 성인의 위치와 특권을 갖고서 끝나지 않는 밤을 맞이해야 더 좋을 것이라고 했다.

질은 사실 그건 마스터가 두려워해서라고 생각했다. 주운 아이가 18세 생일이 지난 후에 원래 세상으로 돌아갔다는 말은 누구에게도 들은 적이 없었다. 그러니까 그 나이까지 무어스에 산다면, 죽을 때까지 이곳에 남는다는 뜻이었다. 이 경우에는 죽지 않는 몸이 될 때까지라고 해야겠지만. 그녀는 이제 겨우 열여섯이었다. 아직도 2년을 더 기다려야 했다. 2년이나 더 2주에 사흘씩 혼자 보내야 했고, 2년이나 더 흉벽을 혼자 걸으면서 살갗에 잔인한 태양의 입맞춤을 받아야 했다. 마스터는 꼭 그래야 한다고 했다. 그는 사람들이 그녀에게 익숙해지기를 원했고, 그녀가 스스로 무엇을 포기하는지를 완전히 받아들이길 원했다.

말도 안 되는 소리였다. 다 헛소리였다. 세상에 영원한 특권과 권력을 내미는데 충동에 따라 거절하는 사람이 있기나 할까. 마스터 곁을 떠나는 사람은 분명히 바보거나, 아니면….

아래 광장에 움직임이 보였다. 두 사람이 산비탈 쪽 문으로 들어왔다. 여관에 사는 통통한 여자애와 검은 조끼를 입은 깡마른 누군가. 잭이 고개를 돌리자 안경에 빛이 번득였다. 질은 가슴 속에서 밉고 미운 심장이 꽉 조이는 느낌을 받았다. 언니가, 여기에 오다니.

이런 일은 용납할 수 없었다.

저녁 식사에 온

누군가

알렉시스의 부모가 소유한 여관은 작고 아늑했으며, 그런 곳치고는 상당히 깨끗했다. 그곳이라면 잭도 피부를 긁지 않고 몇 시간은 있을 수 있었는데, 실험실을 제외하고 그 정도면 놀라운 수준이었다.

(알렉시스는 딱 한 번, 유난히 긴장됐던 방문 이후에 이 얘길 꺼냈었다. 잭이 블리크 박사를 위한 정원 일은 해낼 수 있으면서, 다른 사람이 앉았던 자리는 반짝반짝하게 닦아야만 앉을 수 있다니 이상하다고 말이다. 잭은 흙은 그냥 흙이라고 설명하려고 했지만, 썩 잘 되지는 않았다. 흙은 자연스러운 환경에 있는 한, 깨끗해지는 능력을 가지고 있다. 문제는 흙과 다른 것들 – 인간의 땀과 피부와 체액 같은 것들 – 이 섞일 때였다. 재료가 아니라, 요리법이 문제랄까.)

알렉시스의 어머니는 딸과 꼭 닮았는데 나이가 많았고, 미소를 지으면 눈 안쪽에 누군가가 잭오랜턴 등을 켜는 것 같았다. 잭은 그분의 따뜻한 미소를 위해서라면 더러움도 얼마든지 견딜 수 있다고 생각했다. 기억 속을 아무리 뒤져 보아도, 잭의 어머니가 그런 미소를 지을 수 있다는 암시조차 찾을 수가 없었다.

알렉시스의 아버지는 여관 주인으로 정착하기 전에 나무꾼이었다. 가족 성이 차퍼(chopper; 써는 사람, 써는 것, 도끼 등을 가리킨다-옮긴이 주)인 것도, 벽난로 위에 도끼가 걸린 것도 그래서였다. 그는 산 같은 남자였고, 잭은 그가 무어스에서 블리크 박사와 힘을 겨룰 만한 유일한 사람일지 모른다고 생각했다. (위어울프라면 상대도 안 되지만, 다행히도 위어울프들은 레슬링과 도끼 던지기보다는 사람을 찢고 막대기를 가져오는 데 더 관심이 있었다.)

'사슴과 토끼의 간판'에서 늘 그랬듯이, 음식은 소박하면서 풍성했다. 잭은 마스터와 보낸 그날 밤에 먹었던 토끼고기와 뿌리채소를 불편하게 떠올렸다. 마스터는 자기 지붕 아래 사는 사람들을 위해서 마을 상점에 있는 것은 뭐든 원하는 대로 가져갔다. 분명히 잭이 처음 먹었던 식사도 차퍼 아주머니의 다정한 손으로 준비했을 게 분명했다. 그날 밤에 알렉시스도 똑같은 것을 먹었을지 몰랐다. 어쩌면 그들은 앞에 놓인 미래를 전혀 모르는 채로 같은 식사를 함으로써 무어스에서 잭이 영원히 살아갈 수 있도록 했는지 몰랐다.

잭은 그랬으면 좋겠다고 빌었다. 둘이 함께 먹은 게 그렇게 오래전부터라고 생각하면, 빵도 더 맛있고 우유는 더 달아졌다.

차퍼 아주머니가 감자 요리를 한 바퀴 더 돌릴 때 주방 문이 쾅 하고 열렸다. 거센 바람을 받은 것처럼 문틀이 다 떨릴 정도였다. 알렉시스는 놀라서 펄쩍 뛰었다. 차퍼 아저씨는 긴장해서 허리로 손을 가져갔는데, 매달아 놓은 도끼를 찾아서 휘두를 준비를 하는 것 같았다. 그러다가 아주머니가 접시를 두 손으로 잡은 채 굳었다. 잭은 조용히 앉아서 음식만 쳐다보며, 뭉근히 끓인 버섯과 구운 토끼고기가 세상에서 제일 재미있다고 생각하는 척하려고 했다.

"인사 정도는 할 수 있잖아, 언니." 질이 잇새로 말했고, 그 목소리는 독처럼 달콤했다. 마치 햇빛을 너무 오래 받아서 그 열기에 상한 과일 같았다.

"아, 미안해." 잭은 고개를 들면서 손을 뻗어 안경을 바로잡았다. "떠돌이 개가 문을 들이받았나 했지 뭐야. 내가 온 세상에선 사람들이 노크를 하거든."

"넌 나와 같은 세상에서 왔을 텐데." 질이 말했다.

"그래, 그리고 사람들은 노크를 했지."

질은 그녀를 노려보았다. 잭은 감정 없이 마주 보았다.

둘의 얼굴은 똑같았다. 그 점은 부정할 수 없었다. 세상 모든 시간을 준대도 두 소녀의 입술 모양이나 눈의 각도가 달라지지는 않을 것이다. 머리를 염색하고, 완전히 다른 스타일로 꾸밀 수는 있겠지만 그래도 그들은 언제나 같은 틀로 찍어 낸 모습일 것이다. 하지만 닮은 것은 생김새뿐이었다.

질은 창백한 피부와 차갑도록 옅은 금발에 대비되어 놓이지 않았다면 흰색으로 보였을 만큼 옅은 자주색 드레스를 입었다. 지금은 얌전한 스타일로 가슴선을 똑바로 자른 드레스였지만, 그런 스타일이 앞으로 오래가지는 않을 터였다. 그건 어린 소녀용 드레스였고, 잭과 마찬가지로 질도 성인이 되어 가는 중이었다. 치맛자락은 땅을 쓸 정도로 길었다. 실제로 아래쪽은 20센티미터 가까이가 흙 때문에 회색이었다. 잭은 그 모습에 살짝 몸서리를 치면서, 동생이 보지 못하기를 빌었다.

그런 운은 따르지 않았다. 잭이 풍차에 살면서 과학의 비밀과 죽은 사람을 일으키는 방법을 배울 동안, 질은 성에 살면서 생존의 비밀과 죽은 사람 섬기는 방법을 배웠다. 질의 눈은 아무것도 놓치지 않았다. 그녀는 천천히 미소지었다.

"저런, 미안하네, 언니. 내가 더러워? 내가 더러운 애인게 거슬려? 마스터는 내가 드레스를 망쳐도 신경 쓰지 않으시는데. 난 언제나 다른 드레스를 받을 수 있거든."

"참 좋겠네." 잭은 이를 악물고 말했다. "여긴 왜 왔어?"

"언니가 문으로 들어오는 모습을 봤거든. 분명히 날 보러 성으로 올라올 줄 알았어. 어쨌든 난 언니 동생이고, 언니가 날 보러 온 지가 정말 오래됐으니까 말이야. 그런데 작고 뚱뚱한 언니 여자를 따라 여관에 와서 얼굴 처박고 먹는 걸 보고 내가 얼마나 놀랐게." 질은 코를 찡그렸다. "정말이지, 야만스럽기도 해라. 젊은 시절을 이렇게 보내고 싶어? 돼지들과 소작농들과 같이?"

잭은 일어서려고 했다. 알렉시스가 그녀의 손목을 잡고 다시 주저앉혔다.

"그럴 가치 없어." 알렉시스가 낮은 목소리로 말했다. "제발, 그럴 가치 없어."

질이 소리 내어 웃었다. "봤지? 언니만 빼고 여기 모두가 자기 분수를 알아. 질투가 나서 그래? 언니도 내가 가진 걸 가질 수 있었는데, 충분히 빨리 움직이지 않아서? 아니면 내가 그리워서 그래?"

"난 그리워할 만큼 내 동생을 잘 알았던 적이 없어. 그리고 네 행동을 보니, 널 자매로 두고 싶은지도 잘 모르겠다." 잭은 말했다. "네가 가진 것으로 말하자면… 넌 내려앉은 흙먼지 한 알 한 알이 다 보이는 드레스를 갖고 있지. 절대로 깨끗해 보일 수 없을 정도로 하얀 손을 가졌고. 난 네가 가진 것을 갖고 싶지 않아. 네가 가진 것은 끔찍해. 날 내버려 둬."

"그게 가족에게 말하는 태도야? 한 핏줄에게?"

잭은 코웃음을 쳤다. "지난번에 확인해 봤을 때 넌 마스터가 받아 주겠다고만 하면 바로 네 피를 다 빼 버릴 계획이었잖아. 아니면 그 사이에 마음이 바뀌었니? 한동안 살아 보게? 추천한다. 햇빛을 좀 더 쬐어도 좋겠지. 비타민 D가 부족한 건 확실하니까."

"잭, 제발." 알렉시스가 속삭였다.

질은 아직도 미소짓고 있었다. 잭은 오싹해졌다.

'사슴과 토끼의 간판'은 이 마을의 유일한 여관이었다. 그렇다고 해서 꼭 있어야 한다는 뜻은 아니었다. 만일 무슨 일이 일어나도 —그러니까 한밤중에 싹 타 버린다거나, 주인 가족 모두가 몸에서 피가 다 빨려 나간 상태로 발견된다 하더라도— 정말 안된 일일 뿐이었다. 다음 보름달이 오기 전에 다른 여관이 문을 열 테고, 그곳을 운영하는 새로운 가족은 규칙을 깨지 않는 데 열심일 것이다.

마스터의 자비 아래에 사는 모두와 마찬가지로, 차퍼 가족도 그의 규칙에 복종했다. 그들은 마스터가 시키는 대로 했다. 가라는 곳으로 갔다. 그리고 그들은 절대 마스터와도, 마스터가 후계자로 고른 소녀와도 싸우지 않았다.

잭은 침을 삼켰다. 잭은 장갑 낀 손바닥으로 조끼를 쓸어내리고, 접시를 두고 일어섰다. 알렉시스가 잡고 있던 팔을 놓았다. 알렉시스의 손에서 전해지던 압력이 없어진 그 공백의 순간이 어째선지 이 굴복 자체보다 더 나빴다.

"난… 정말 미안하다, 질리언." 잭은 조심스럽고 신중한 목소리로 말했다. "난 배가 고팠어. 내가 배고플 때 얼마나 짜증이 심한지 알잖아."

질은 키득거렸다. "식사를 안 했을 때가 *최악*이긴 하지. 그러면 정말로 날 보러 온 거야?"

"그래. 당연하지." 잭은 굳이 돌아보지 않고도 알렉시스가 떨고 있다는 사실이나, 그 부모님이 딸에게 달려가지 않으려고 안간힘을 쓰고 있다는 사실을 알 수 있었다. 그들은 잭이 문 앞에 위험을 데려오리라 생각하지 못했다. 생각했어야지. 알았어야지. 아니, 그녀가 알았어야 했다. 그녀가 바보였는데, 이제 이 가족이 대가를 치르고 있었다. "블리크 박사님이 자정까지는 돌아오라고 했지만, 그 전에 광장에서 살 물건이 있어. 같이 갈래? 너한테도 뭔가 사 줄 정도 돈은 있을 거야. 생강 설탕 절임이나 네 머리에 꽂을 리본이나."

질의 시선이 날카로워졌다. "정말로 날 보러 왔다면, 나에게 선물을 사 줄 돈이 있는지 없는지쯤은 알아야지."

"돈은 블리크 박사님 소관이야. 난 그분의 제자일 뿐이고.” 잭은 너무 간절해 보이지 않으면서 뉘우치는 모습을 보이려고 두 손을 펼쳤다. 질은 믿는 것 같았다. 아니면 그저 원하는 대로만 되면 상관하지 않는지도 몰랐다. ‘우린 이제 서로 모르는 사람이구나.’ 잭은 그런 생각이 들어 슬퍼졌다. “난 많이 배우고 있지만, 그렇다고 해서 박사님이 필요 이상으로 나를 믿고 맡긴다는 뜻은 아니야.”

“마스터는 모든 것을 나에게 맡기는데.” 질은 그렇게 말하더니, 방안을 날아서 —정말로 날 듯이 건너뛰어서!— 잭에게 팔짱을 꼈다. “쇼핑하고 나서 언니가 나에게 선물을 사 주면 되겠다. 블리크 박사가 쫓아내면 언니는 돼지들과 헛간에서 살아야 할 테고, 늘 지저분할 거 아냐. 그건 끔찍한 일이지, 안 그래?”

동생과 잠깐의 접촉만으로도 이미 목욕하고 싶어서 죽을 지경인 잭은 몸서리를 억눌렀다. “끔찍하겠지.” 그녀는 맞장구를 치고, 바구니를 집어 든 다음 질을 앞장세워서 밤거리로 나갔다.

등 뒤에서 문이 쾅 닫혔다. 차퍼 씨는 서둘러 딸을 안으려다가 감자 접시까지 떨어뜨렸고, 세 사람은 같이 끌어안고 벌벌 떨면서 울었다. 갑자기 바깥의 어둠이 너무 뚜

렷하게 다가왔다.

질은 마을 광장에 깔린 진흙투성이 자갈을 춤추듯 가볍게 밟았다. 질은 말을 멈추지 않았다. 지난번에 언니를 보고 나서 몇 달 동안 일어난 모든 일을 떠드느라, 내뱉는 단어들이 신난 강아지들처럼 서로를 타고 넘었다. 잭은 질이 외로웠다는 사실을 깨닫고 둔탁하면서 서먹한 죄책감을 느꼈다. 저 거대한 성안에는 하인들이 있을 테고, 질에게 자기 마스터에 대한 사랑 아니면 애착은 있을지 몰라도, *친구*는 없었다.

(그건 아마도 좋은 일이었다. 잭은 같이 살게 되고 얼마 후에 블리크 박사가 무서운 표정으로, 두 손에 커다란 검은색 의료 가방을 들고 마을에 다녀온 일을 떠올릴 수 있었다. 마을 아이들이 여러 명 죽었다고 했다. 잭이 캐묻자 박사는 거기까지만 말했다. 잭은 몇 년이 지나고 알렉시스가 오가게 된 후에야, 당시에 죽은 아이들 모두가 분수대에서 질과 노는 모습을 보였다는 사실을 알았다. 마스터는 질투심 많은 남자였다. 그는 질의 삶에 다른 게 아무것도 없기를 원했고, 질의 세상의 중심으로 남기 위해 해야 한다고 믿는 일은 뭐든 즐겁게 해치웠다. 친구들이

란 처리해야 할 골칫거리였다. 친구들은 소모품이었다.)

잭은 혼자 쇼핑을 하거나 블리크 박사와 함께하는 데 익숙했다. 사람들이 질과 그녀가 자매라는 사실을 얼마나 잘 잊어버리는지, 혹은 얼마나 종종 잭 앞에서 입조심할 필요가 없다고 생각하는지 놀라울 정도였다. 잭은 농담과 가십, 심지어는 마스터의 방침에 대한 신랄한 비판까지 듣곤 했다.

질과 팔짱을 끼고 상점들을 돌아다닐 때 정말로 놀라운 건 그 침묵이었다. 잭을 블리크 박사의 제자로 알던 사람들은 그녀가 마스터의 딸과 나란히 들어가자 조용해졌고, 몇 명은 예기치 못하게 풀린 수수께끼를 보듯이 그녀의 얼굴을 보았다. 잭은 얼굴을 찡그리지 않으려고 애써야 했다. 질과 그녀가 같이 있는 모습을 본 사람들 모두에게 잃어버린 신뢰를 다시 쌓으려면 몇 달, 어쩌면 몇 년은 걸릴 터였다. 그녀는 갑자기 다시 사람들의 적이 되었다. 편안한 전망은 아니었다.

상인 몇 명은 평소보다 더 깎아 주려고 하거나, 형편에 벅찰 정도로 깎아 주려고도 했다. 어쨌든 잭은 가능하면 평소 값을 치르고, 고개를 저어 상인들의 입을 막았다. 불행히도 어쩌다가 질이 그 모습을 보면, 눈을 굴리면서 상인의 손에 놓인 돈을 낚아챘다.

"우린 예의상 값을 치를 뿐이야." 질은 그렇게 말하곤 했다. "상징 삼아서, 우리가 늑대들의 세상에서 이 마을을 지탱하는 심장으로만 존재하는 게 아니고 이 마을의 일부이기도 하다는 걸 보여 주려고 돈을 내는 거야. 사람들이 그 상징을 더 상징적으로 만들고 싶어 한다면, 그러라고 해야지. 나한테 선물 사 준다고 약속했잖아."

"그래." 잭은 그렇게 대답하고 다음 상인에게 갔다. 그러는 동안 잭은 뱃속에 구멍이 뚫리고 그 구멍이 점점 더 커지다가 세상을 다 집어삼킬 것처럼 느껴졌다.

블리크 박사에게 이 일을 말해야 할 것 같았다. 잭이 말하지 않으면 다음번에 박사가 물건을 사러 오거나, 누군가의 병든 어머니를 확인하러 왔을 때 마을 사람들이 얘기할 것이다. 그의 제자와 마스터의 딸이 팔짱을 끼고 다녔다고 말할 테고, 그러면 박사는 왜 잭이 그런 일을 숨겼을까 생각할 것이며, 그러면 모든 게 엉망이 될 것이다. 이미 망친 것보다 더 엉망이 되겠지.

잭의 팔에 걸린 바구니는 원래 사러 왔던 물건들과 가

끔 질이 그냥 추가로 집어넣은 물건들로 무거워졌다. 진한 크림 한 주전자에 꿀도 한 단지 있었다. 나름대로 멋지기는 하지만 언덕 위 풍차에서는 필요할 일이 없는 사치품들이었다. 마침내 질이 선물을 고를 때가 왔다.

노점상은 호리호리한 마을 처녀였는데, 바람에 춤추는 갈대처럼 벌벌 떨면서 앞치마 앞에 두 손을 꽉 맞잡고 서 있었다. 마치 손이 떨리는 것만 막으면 나머지 불안도 감출 수 있다는 듯이. 어쩌면 실제로 그런지도 몰랐다. 질은 그 여자의 불안감을 알아차리지 못하는 듯했다. 리본들을 만져 보면서 피부에 닿는 천의 감촉에 대해 재잘거리기 바빴다.

잭은 노점상과 눈을 마주치려고 했다. 노점상은 잭이 자기 눈동자를 보지 못하게 외면했다. 잭은 뱃속의 구멍이 더 커지는 느낌이었다. 마을 사람들은 대부분 미신적이었다. 뱀파이어가 *실제로 거기에* 있고, 산맥에는 워어울프들이 살고, 바닷속에는 촉수 달린 괴물들이 있을 때도 그걸 미신이라고 할 수 있다면 말이다. 그들은 마스터가 눈을 마주쳐서 상대의 마음을 움직일 수 있다는 사실을 알았다. 그래서 지난 몇 년 동안 명령이 없으면 아무도 질을 똑바로 보지 않았다. 질이 변하기 전까지는 인간의 마음에 아무런 힘도 쓰지 못하는데도 그랬다. 이제는 그 미신이 잭에게도 옮겨 간 것 같았다.

"이거 괜찮아 보여?" 질이 무어 황야의 안개를 잘라 내어 만든 듯한 반짝이는 회색 실크 리본을 들어 올리며 물었다. "나한테 완벽하게 잘 어울릴 것 같은 드레스가 한 벌 있거든."

"아름답네." 잭은 말했다. "그걸로 해야겠다."

질은 예쁘게 입술을 내밀며 항의했다. "하지만 리본이 *이렇게나* 많은걸. 아직 반도 못 봤어."

"알아." 잭은 달래는 목소리를 내려고 했다. 아니면 적어도 좌절한 티는 내지 않으려고 했다. "블리크 박사님이 자정까지는 돌아오라고 하셨다니까, 기억해? 너도 그렇겠지만 나도 스승에게 불복할 수 없어."

위험을 계산하고 한 말이었다. 질은 순종한다는 게 어떤 것인지, 다른 사람이 원하는 대로 바람을 굽히는 게 어떤 것인지 알았다. 동시에 질은 그녀의 마스터가 무어스의 유일한 주인이 아니라는 암시만 있어도 격렬하게 화를 내는 경향이 있었다. 마치 마스터라는 이름을 지녔으니 명령을 내릴 자격도 독차지한다는 듯이.

질은 리본을 손가락에 감고 말했다. "집으로 오고 싶다면 마스터도 여전히 언니를 받아 주실 거야. 지금은 언니 꼴이 영 안 어울리기는 해. 다시 교육을 받아야겠지. 내가 숙녀다워지는 방법을 가르쳐야 할 것 같아. 그래도 언니는 집에 올 수 있어."

그 성을 '집'이라고 부른다는 생각만 해도 잭은 끔찍해서 토할 것 같았다. 그녀는 겨우 그 마음을 삼키고 고개를 저으며 말했다. "제안은 고마워. 하지만 나에겐 블리크 박사님과 할 일이 있어. 난 우리가 같이 하는 일이 좋아. 배우는 것도 좋고." 오래된 기억이, 분홍색 바지 정장을 입은 어머니가 초대를 거절하는 방법을 일러 주던 기억이 났다. "날 생각해 줘서 정말 고마워."

질은 한숨을 내쉬었다. "언젠가는 언니도 집에 오겠지." 질은 그렇게 말하고 리본을 한 줌 쥐었다. 어찌나 많은지 손가락 사이에 벌레로 이루어진 무지개가 걸린 것 같았다. "이것들 가져갈게." 그녀는 노점상에게 말했다. "값은 언니가 치를 거야." 그러더니 질은 등을 돌리고 성문을 향해 뛰듯이 걸어갔다. 걸어가는 동안 아무렇게나 쥐고 있던 리본들이 떨어져서 흙 위에 흔적을 남겼다.

잭은 노점상을 돌아보고, 바구니 바닥에 있던 동전에 손을 뻗었다. "정말 죄송합니다." 목소리가 낮고 다급하게 나왔다. "이리로 데려오려던 건 아니었어요. 쟤가 끌고 온 거죠. 지금은 드릴 돈이 충분하지 않을지도 모르지만, 꼭 나머지를 가지고 올게요. 얼마인지만 말해 주세요."

"됐어요." 노점상은 여전히 잭을 쳐다보지 않았다.

"하지만—"

"됐다니까요." 노점상은 남은 리본들을 반듯하게 펴려고, 질이 헤집어 놓은 혼돈에 질서를 다시 찾으려고 움직였다. "어차피 아가씨는 돈을 안 내요. 마스터가 누군가에게 금화를 들려 보내서, 아가씨 이름으로 다음 드레스를 주문할 때 넘치게 지불하실 거예요. 이번엔 아가씨가 절 위협하지 않았잖아요. 이를 드러내 보이지도 않고, 혹시 초커 아래 목을 보고 싶냐고 묻지도 않았어요. 당신은 아가씨를 더 나쁘게 만들지 않아요. 더 낫게 만들지."

"정말 죄송합니다."

"가세요." 노점상은 마침내 고개를 들고, 마침내 잭과 시선을 맞췄다. 다시 입을 열었을 때 나온 목소리는 거의 들리지 않을 만큼 조용했다. "다들 마스터의 딸에게 말을 거는 아이들이 사라진다는 걸 알아요. 마스터는 따님을 남과 나누지 못하니까요. 하지만 당신은 아니죠. 그분의 자식은 아닐지라도 여전히 따님의 자매니까요. 그리고 그 아가씨는 당신과 말하는 사람들을 질투해요. 그러니까 내가 당신 친구라고 생각하기 전에 가요."

잭은 한 걸음 물러섰다. 노점상은 우울한 얼굴로 리본 정리를 계속했다. 노점상이 더 말을 하지 않았기에, 잭은 몸을 돌려 조용한 마을 안을 걸었다. 해는 이미 졌다. 거대한 붉은 달이 지평선 가까이에 불길하게 뜬 모습은, 곧 내려앉아서 모든 것을 짓부술 수도 있을 것만 같았다.

여관 문은 닫혀 있었다. 창문 안에 촛불이 하나 타올랐다. 잭은 그 불빛을 쳐다본 다음, 계속 걸어서 마을을 벗어나고, 문을 통과해서, 거칠고 외로운 황야로 나갔다.

풍차는 창밖으로 새어 나오는 불빛 때문에 풍차라기보다는 등대처럼 보였다. 길 잃은 영혼들을 집으로 부르는, 완벽하고 순수한 등대. 잭은 집에 거의 다 왔음을 깨닫고 걸음을 더 빨리 했다. 아니, 그걸로는 부족했다. 그녀는 뛰었고, 블리크 박사가 직전에 문을 열지 않았다면 문에 그대로 부딪칠 뻔했다. 잭은 문 대신 박사의 단단한 몸통에 부딪쳤고, 거친 가죽 앞치마에 볼이 긁혔다.

잭은 바구니를 떨궈서 담아온 물건들과 얼마 남지 않은 주화를 박사의 발치에 흩어 놓았다.

"잭, 무슨 일이냐?" 블리크 박사가 물었고, 그 목소리는 익사해 가는 소녀에게 던져진 밧줄이자, 소녀의 세상을 지탱하는 단단한 토대였다. 잭은 이번만은 더러움도 신경 쓰지 않고 그에게 매달려 가슴팍에 얼굴을 묻고 울고 또 울었다. 무자비한 달의 시선 아래에서.

4
길과 책은 돌아가지 않아

그리고 그녀의 무덤에서,

붉고 붉은 장미가

시간이 흘렀다. 잭은 마을을 멀리했고, 블리크 박사와 함께 마을에 쇼핑을 가느니 자청해서 집안 잡일을 했다. 미래를 위한 계획도 세우기 시작했다. 잭에게 자기만의 정원, 자기만의 풍차가 생기고 자기만의 식구를 부양할 수 있게 될 미래를.

알렉시스는 계속 찾아왔는데, 처음에는 조심했지만 가족에게 아무런 끔찍한 일도 생기지 않자 갈수록 뻔뻔해졌다.

질은 흉벽을 걸으면서 18세 생일까지 남은 날짜를 헤아렸다. 어느 날, 질이 침대에 아늑하게 누워서 아름다운 붉은색 강을 꿈꾸는데, 햇빛이 방에 쏟아져 들어와서 후려치듯이 잠을 깨웠다. 그녀는 놀라고 당황해서 벌떡 일어나 앉은 채, 이 끔찍한 햇빛을 보고 눈을 껌벅였다.

"아가씨." 메리가 공손하고 예의 바른 목소리로 말했다. 2년 전, 질이 무척이나 흥분해서 앞으로 깍듯하게 말하지 않으면 메리를 흉벽 너머로 던져 버리겠다고 한 이후부터 줄곧 그런 목소리였다. "마스터께서 아가씨를 깨우라고 하셨습니다."

"왜?" 질은 손바닥 안쪽을 두 눈에 대고, 햇빛으로 인한 아픔이 사라질 때까지 문질렀다. 두 손을 내리고 빠르게 눈을 깜박인 질은 메리가 붉디붉은 장미가 가득 담긴 커다란 꽃병을 들고 있음을 알았다. 질의 눈이 커졌다. 그녀는 두 손을 뻗으며 작게 원하는 몸짓을 했다.

"이리 줘." 질이 말했다.

"네, 아가씨." 메리는 질에게 꽃병을 넘기지 않았다. 그 대신 침대 옆을 몇 발자국 걸어가서 침대 머리판 옆에 놓인 협탁에 올려놓았다. 질이 장미 향기를 맡고 아름다움에 감탄할 수 있으면서 가시에는 찔리지 않을 위치였다. 마스터가 방에 없을 때 마스터의 소중한 딸이 피를 흘리게 했다가는, 메리의 머리통이 바닥을 구를 터였다.

"마스터가 보내셨어?" 질이 물었다.

"네, 아가씨."

"아름다워." 질의 표정은 부드러웠고, 두 눈에는 고마움의 눈물이 고였다. "얼마나 아름다운지 보여? 마스터는 날 정말 많이 사랑하셔. 나한테 정말 잘해 주셔."

"네, 아가씨." 메리는 뱀파이어의 사랑이 어떤 형태인지 잘 알았다. 가끔은 질이 메리도 오래전에 이곳에서 발견된 주운 아이였다는 사실을 새까맣게 잊었나 싶었다. 여기에서 엷은 색 드레스를 입고 초커를 목에 두른 여자애가 질이 처음이 아니었다는 사실을.

"이유는 말씀하셨어?" 질은 희망에 찬 얼굴로 메리를 보았다. "오늘 날 보러 오신대? 아직 이틀밖에 안 지난 건 알지만—"

"정말 모르시겠어요, 아가씨?" 물론 질은 몰랐다. 뱀파이어에게 시간이란 다른 사람들에게만 영향을 미치는 것이었고, 질은 아직 인간이지만 이미 뱀파이어처럼 생각했다. 메리는 억지웃음을 지었다. "오늘이 아가씨께서 무어스에 도착하신 지 5주년 되는 날입니다."

질의 눈이 커졌다. "내가 열일곱 살이야?"

"네, 아가씨." 무어스에서 시간은 잭과 질이 원래 살았던 세상의 시간과 똑같지 않았다. 다른 자연법칙을 따랐고, 다른 어떤 달력에도 정확히 들어맞지 않았다. 하지만 1년은 1년이었다. 잭과 질의 정확한 탄생일을 기념하기는 불가능해도, 둘이 도착한 날짜는 명확했다.

질은 담요와 푹신한 잠옷의 산사태를 일으키며 침대에서 굴러 내려갔다. "난 여기 도착했을 때 거의 열두 살 반이었어." 질은 담요들을 매트리스 위로 다시 밀면서 신이 나서 말했다. "그러니까 이제 사실상 열여덟 살이야. 그분이 날 원하신대? 오늘 밤에? 드디어 때가 온 거야?"

"사실상 열여덟은 실제로 열여덟과는 다릅니다, 아가씨." 메리는 질에게 말할 때 정확히 필요한 상냥함과 존중의 균형을 유지하려고 애썼다. "마스터께서도 아가씨가 이렇게 물어보실 줄 아셨어요. 아가씨의 정확한 생신을 모르니, 차라리 과하게 조심하겠다고 전하시랍니다. '가라앉은 수도원'이 종을 울려 계절의 변화를 알릴 때까지는 예전 그대로일 거라고요."

"하지만 너무 나중이잖아!" 질은 항의했다. "왜 이렇게 오래 기다리지? 난 아무 잘못도 안 했어! 정말 착하게 굴었다고! 마스터가 뭘 요구하시든, 그런 애가 됐잖아!" 그녀는 품 안 가득 안고 있던 베개를 다 떨구고 몸을 펴더니, 두 손으로 우아한 잠옷 레이스와 조심스럽게 늘어뜨린 곱슬머리를 가리켰다. 질은 움직임 없이 자는 기술에 통달한 지 오래였다. 밤에 무슨 일이 생기더라도 완벽하게 손질된 모습으로 일어나서 대면하기 위해서였다.

"어른이 되시는 것만 제외하고 다 하셨죠." 메리가 온화하게 말했다. "여전히 문이 열릴 가능성은 있어요. 원래 태어나신 세상이 아가씨를 되찾아갈 수도 있어요."

"그건 밤에 애들 겁주려고 하는 이야기야." 질이 쏘아붙였다. "원하지 않는 문은 돌아오지 않아."

"아가씨께선 여기 오셨을 때 뱀파이어가 무엇인지 알고 계셨죠." 메리가 말했다. "왜 그런지 궁금하지 않던가요? 우리에게 규칙이 존재하는 건, 과거에 실수가 있었기 때문입니다. 일이 잘못된 적이 있어서예요." 갓 태어나서 분노와 식욕에 휘둘리는 뱀파이어가 마법의 문을 통해 무방비한 세상에 다시 떨어지면….

메리는 몸서리를 참았다. 무어스는 뱀파이어들과 같이 사는 방법을 알았다. 무어스는 괴물들과 함께 생존할 능력이 있었다.

"혹시 아가씨가 산맥에 들어가서 위어울프 로드의 보

살핌을 받으셨더라도, 그분 역시 같은 말씀을 하셨을 거예요. 바다로 내려가셨어도 마찬가지입니다. '가라앉은 신들'도 왔던 곳으로 돌아갈 나이의 어린 사람은 변화시키지 않아요. 문을 만들어 내는 정체 모를 힘의 주의를 끌지 않으려면 조심해야만 해요. 문이 나타나기를 멈춘다면, 무어스도 없어집니다."

"문을 만드는 건 달이잖아." 질이 화를 참는 투로 말했다. "다들 아는 사실이야."

"다른 가설들도 있어요."

"그런 가설들은 틀렸어." 질은 메리를 노려보았다. "우리가 들어온 문에는 '확신하라'고 적혀 있었고, 난 확신해. 난 뱀파이어가 되고 싶다고 확신해. 난 강하고 아름답고 영원*해지고* 싶어. 난 절대로, 절대로 아무도 이 모든 걸 나에게서 빼앗아 가지 못했으면 좋겠어. 왜 그럴 수가 없지?"

"다 얻으실 겁니다." 메리는 말했다. "가라앉은 수도원의 종이 울리면, 다 얻으실 거예요. 마스터께선 아가씨를 제일 높은 탑으로 데려가셔서 무자비하고 빠른 존재로 만드실 거고, 무엇보다도 아가씨를 그분의 딸로 만드실 거예요. 하지만 종이 울릴 때까지 기다리셔야 합니다, 아가씨. 기다리셔야 해요. 힘드시다는 건 알아요. 기다리고 싶지 않으신 줄도 알아요. 하지만….”

“메리 네가 뭘 알아?” 질이 말을 끊었다. “너도 주운 아이였지. 이게 다 네 것이 될 수 있었어. 그런데 넌 거절했지. 왜지?”

“저는 무자비해지고 싶지 않았으니까요, 아가씨.” 처음에는 다 게임 같았다. 메리와 높은 성에 사는 뱀파이어, 그리고 그녀가 원하는 건 무엇이든 제공하는 뱀파이어와 웃으면서 필요한 것 빼고는 다 거절하는 그녀. 마치 *게임* 같았다.

그러다가 그가 그녀의 새로운 아버지가 되고 싶다고, 내 자식이 되어 달라고, 영원히 분노와 피로 같이 다스리자고 했다.

그리고 그녀가 거절하자 격분했다. 그녀의 마을 친구들은 계속 사라졌고, 처음에는 그것도 게임 같았다. 거대한 술래잡기 음모설 같았다…. 그가 어린 벨라를 그녀 앞에 끌고 와서 “나에게 대항하는 자들은 이렇게 된다.”고 말하며 그 어린 소년의 목을 물어뜯을 때까지는. 메리는 지금도 가끔 그때처럼 얼굴에 피가 튀는 느낌을 받았다.

하지만 질은 그의 그런 면을 본 적이 없었다. 질은 처음부터 그의 소중한 어린 공주였다. 질은 구름을 밟으면서 아직도 뱀파이어가 된다는 것을 멋진 게임쯤으로 꿈꿨고, 메리는 그게 아니라고 설득할 방법이 없었다.

질의 얼굴이 굳었다. "난 무자비해질 수 있어. 내가 무자비해질 수 있다는 사실을 보여 주면, 마스터도 기다릴 필요 없다는 걸 아시겠지. 난 지금 당장 마스터의 딸이 될 수 있어."

"네, 아가씨." 메리가 말했다. "아침 식사 하시겠어요?"

"멍청하게 굴지 마." 질에게는 그게 먹겠다는 뜻이었다. 그런 면에서 이 소녀는 이미 뱀파이어나 다름없었다. 언제나 배고파했다.

"감사합니다, 아가씨." 메리는 그렇게 말하고 최대한 빠르고 우아하게 퇴장했다.

질은 여전히 굳은 얼굴로 메리가 나가는 모습을 보았다. 그리고 메리가 다시 오지 않을 것이 확실해지자 옷장으로 걸어갔다. 문을 열자 무지개색 파스텔톤 드레스들이 드러났다. 질은 그중에서도 가장 색이 옅은 드레스를, 금발과 상앗빛 피부가 돋보이는 크림색 실크 가운을 꺼냈다. 웨딩드레스의 흰색에 제일 가까운 색이었다. 그녀는 마스터에게 기다릴 필요 없다는 사실을 보여 줄 것이다.

무자비한 게 어떤 건지 이미 알고 있음을 보여 줄 것이다.

오늘은 그들의 도착 기념일이었다. 마스터는 보나 마나 해가 지면 질의 이름으로 파티를 열 것이다. 퇴폐적이고 찬란한 파티를. 어쩌면 다른 뱀파이어들을 초청해서 자기 피보호자를 두고 달콤한 말을 속삭이게 할지도 몰랐다. 질이 어디까지 왔는지, 얼마나 아름다운지를 두고. 그렇다, 그것도 훌륭한 행사일 테지만, 그 파티가 그녀의 영광스러운 죽음과 그보다 더 영광스러운 부활로 끝난다면 더욱 좋을 것이다.

기다림은 무의미했다. 문이 열린다 해도 질은 그 문을 통과하지 않을 테니까. 그런 식으로 사랑하는 마스터를 떠날 생각은 조금도 없었다. 그에게 그녀가 진지하다는 사실을, 그의 자식이 될 만큼 무자비하다는 사실을 증명하기만 하면 모든 게 완벽해질 것이다.

질의 이름으로 뱀파이어의 자식에게 걸맞는 장엄한 파티가 열린다면, 그 끔찍한 블리크 박사도 잭을 위해 뭔가 하겠지. 그래야만 하리라. 누구나 미치광이 과학자의 제자가 마스터의 딸만큼 좋은 자리가 아님을 알고 있으니, 블리크 박사로서는 잭의 충성심을 더 단단히 묶어 둘 기회를 하나도 놓칠 수 없을 것이다. 그러니 파티가 있겠지.

그리고 파티가 있다면, 알렉시스가 참석할 것이다.

그 여관집 딸에 대한 잭의 부자연스러운 애착은 시간이 지나도 사그라들지 않았다. 아니, 오히려 더 강해지기만 했다. 질은 둘이 같이 있는 모습을 많이 보았다. 잭은 알렉시스와 함께 있을 때면 웃었다. 웃었다. 못생긴 조끼와 크라바트 차림으로 무어스를 쏘다녀서 잭과 질 모두의 꼴을 우습게 만들고 있음을 모른다는 듯이. 지저분한 늙은 미친 과학자의 실험실에 숙녀가 있을 자리는 없다는 듯이. 옳지 않았다. 적절하지 않았다.

질이 다 해결할 수 있었다. 언니도 올바른 길로 인도하고, 마스터에게도 그녀가 이름만이 아니라 정말로 그의 자식이 될 만큼 무자비하다는 사실을 보여 줄 수 있었다. 행동 하나로 모든 상황을 개선하는 것이다.

질은 코를 찡그린 채로 옷장 안에 걸린 무거운 갈색 망토를 꺼내어 아름다운 드레스 위에 걸쳤다. 그런 칙칙하고 평범한 색깔은 싫었지만, 필요한 일이었다. 모습을 가리지 않으면 얼마나 눈에 띌지 뻔했다.

메리는 아직 아래층에서 아침 식사를 챙기고 있었다. 질은 층계참에 있는 비밀 문으로 빠져나가서 —훌륭한 성이라면 비밀 문이 있기 마련이다— 계단을 내려갔다. 워낙 여러 번 해 본 일이라서 눈 감고도 내려갈 수 있었기에, 그녀는 마음이 흐르는 대로 마스터가 그녀를 품에 받아들이고 죽음의 모든 신비를 보여 주면 얼마나 좋을까 생각했다.

곧 그렇게 된다. 이제 곧.

그녀는 성벽 밑에 있는 작은 문으로 빠져나갔다. 구석진 곳인 데다가 움푹한 건축 구조에 잘 가려진 문이었다. 그녀는 후드를 뒤집어쓰고, 망토를 여며 시선을 끌지 않는 모습으로 마을에 걸어 들어갔다. 무어스에는 망토를 뒤집어쓴 알 수 없는 인물이 워낙 흔했기에, 아무도 그녀를 두 번 쳐다보지 않았다. 마스터에게 비밀 편지를 가져간다거나, 가라앉은 신들에게 데리고 돌아갈 희생제물을 찾는 사람들과는 엮이지 않는 게 최선이었다.

낮의 마을은 달라 보였다. 더 작고, 더 누추하고, 더 지저분했다. 질은 길거리를 걸으면서 사람들이 그녀가 누구인지 알면 얼마나 무서워할까 상상했다. 그런 생각을 하면, 드레스 밑단을 더럽혀 크림색을 진흙의 갈색으로 물들이고 있는 흙바닥도 참을 만했다. 질이 잭처럼 더러움을 질색하는 건 아니었지만, 그래도 이건 *우아하지* 않았다. 세탁을 깜빡한 듯한 몰골이어서야 무시무시해 보이기가 어렵지 않은가.

마스터의 딸 앞에서 입을 조심하지 않을 때의 마을 사람들은 놀랍도록 시끄러웠다. 사람들은 웃고 서로에게 고함을 지르고, 흥정을 하고, 추수에 대해 떠들었다. 질은 안전한 후드 속에서 얼굴을 찌푸렸다. 사람들 소리만 들으면 행복한 것 같았다. 하지만 그들은 오직 마스터의 은혜로 보호받으며 짧고 야만적인 삶을 살 뿐이었다. 고작해야 지붕 밑에서 자려고 흙밭을 뒹굴고 뼈 빠지게 일했다. 그런데 어떻게 행복할 수가 있지?

그런 상념이 계속 이어지게 내버려 두었다면 불쾌한 결론에 이르렀을지도 모른다. 그랬다면 이 이야기도 다른 결말을 맺었을지 모른다. 한 번의 깨달음이 인생을 바꾸지는 않는다. 그건 시작일 뿐이다. 하지만 안타깝게도 그때 여관 문이 열렸다. 여관집 딸이 마을 사람들에게는 화려하다고 여겨지는 옷을 입고 나타났다. 드레스는 녹색, 보디스는 파란색이었고 치맛자락은 대담하게도 발목이 드러나 보일 만큼 높이 올렸다. 한 팔에는 바구니를 들었는데, 빵과 와인과 갓 딴 사과가 가득했다.

문지방까지 따라 나온 어머니가 뭐라고 말을 했다. 딸은 웃음을 터뜨리고는, 몸을 기울여 어머니 뺨에 입을 맞췄다. 그러고는 돌아서서 세상에 근심 걱정이라고는 없다는 듯한 걸음걸이로 문을 향해 걸어갔다.

질은 소리 없이 따라갔다.

질은 안전한 성과 마을 안을 거의 떠나지 않았다. 그 안에서는 마스터의 말이 절대적인 법이며, 아무도 감히 질에게 대항하지 못했다. 물론 벽 바깥의 황야도 마스터의 것이었지만, 야외에서는 영역이 흐릿해질 수 있었다. 너무 부주의하게 걷는 사람들은 언제나 위어울프의 공격을 받거나, 가라앉은 신들에게 바치는 제물로 뽑힐 위험이 있었다. 그만큼 양치류 속으로 들어간다는 건 뭔가 나쁜 짓을 하는 것 같은 아찔한 느낌이 있었다. 분명히 이건 그녀가 얼마나 진지한지를 증명해 줄 터였다!

여관집 딸은 놀랄 정도로 빠르게 걸었다. 질은 눈치 채이지 않을 만큼 멀찍이 떨어져서 따라갔다.

알렉시스는 성의 그늘 속에서, 밤이면 위어울프들의 울음소리와 가라앉은 수도원의 종소리를 들으면서 자랐다. 그녀는 생존자였다. 그러나 그녀는 부활한 사람이기에, 성장기 내내 두려워했던 많은 괴물들에게 자신이 매력 없는 먹잇감이 되어 버렸다는 사실을 알았고, 낮에는 가고일도 유령견도 돌아다니지 않는다는 사실을 알았다. 게다가 지금은 사랑하는 여자에게 가는 중이었다. 그녀는 긴장하지 않았다. 몽상했다. 부주의했다.

누군가의 손이 그녀의 어깨를 건드렸다. 알렉시스는 최악을 예상하고 뻣뻣하게 굳어서 돌아보았다. 그리고 후드 아래로 보이는 얼굴에 긴장을 풀었다.

"잭." 그녀는 따뜻하게 말했다. "오전 내내 잡일을 하는 줄 알았어."

질은 얼굴을 찌푸렸다. 그제야 뒤에 있던 여자가 안경을 끼지 않았다는 사실을 깨달은 알렉시스가 뒷걸음질을 쳤다.

“잭이 아니군요. 여기에서 뭐 하는 거예요?”

“확신하기.” 질이 말했다. 그녀는 망토를 풀어서 양치류 사이에 떨어뜨리고, 보디스 안에서 칼을 뽑아서 뛰어올랐다.

이 장면을 더 설명하지는 않겠다. 어떤 일은 굳이 보지 않아도 이해할 수 있는 법이니까. 한 번의 날카로운 비명, 그리고 헤더꽃을 물들인 피보라만으로도 충분하다. 장미처럼 붉고, 사과처럼 붉고, 뱀파이어의 유일한 자식의 입술처럼 붉은 피.

이제 여기에는 우리가 볼 것이 없다.

…그리고 그의 무덤에서,

들장미가

"걔가 지금쯤이면 왔어야 해요." 잭은 조심스럽게 갈던 뼈톱을 내려놓으며 말했다. 잭의 시선은 열린 문으로, 그리고 그 너머의 황야로 향했다. 알렉시스는 보이지 않았다. "해 질 녘에 저녁을 먹을 거라고 했단 말이에요."

알렉시스는 풍차에서 밤을 보내도 좋다는 허락을 받았다. 부적절한 일이긴 하지만, 블리크 박사가 보호자로 같이 있으니 알렉시스의 정조가 위험할 염려는 없었다. (물론 부모님이 알렉시스의 정조에 대해서나 잭의 의도를 모르고 있지는 않았다. 알렉시스가 부활한 사람이긴 했어도, 부모님은 둘 다 자기들이 죽어도 딸을 돌봐 줄 사람을 찾았다는 사실에 안도했다.)

블리크 박사가 작업대에서 시선을 들었다. "꽃을 따려고 멈췄겠지."

"황야에서요?" 잭은 의자 등받이에 걸쳐 둔 재킷을 잡으며 일어섰다. "제가 찾으러 갈게요."

"잭, 인내심은…"

"과학적인 정신에 필수적인 도구죠. 때가 되기 전에 시신을 일으키면 안 되고요. 알아요. 하지만 전 이게 알렉시스답지 않다는 것도 알아요. 갠 절대 늦지 않아요." 잭은 호소하는 표정으로 스승을 보았다.

블리크 박사는 한숨을 내쉬었다. "아, 젊은이의 에너지란. 알았다, 가서 찾아봐도 좋아. 하지만 빨리 하거라. 네가 잡일을 다 끝내기 전에는 축하연을 시작하지 못하니."

"알겠습니다, 박사님." 잭은 장갑을 당겨 끼고는 바로 달려 나가서 정원길을 내려갔다. 블리크 박사는 잭이 멀리 보이지 않게 될 때까지 지켜보았다. 그러고 나서야 눈을 감았다. 그는 무어스에 아주 오래 살았다. 누군가가 늦는다면 별일 아닐 때가 거의 없다는 사실을, 아니 어쩌면 전혀 없다는 사실을 잭보다 더 잘 알았다.

"부디 살아 있기를." 그는 속삭였고, 그러자마자 쓸모없는 말을 했다는 사실을 알았다. 그는 가만히 앉아서 기다렸다. 진실은 곧 드러날 터였다.

처음에 잭의 주의를 끈 건 그 붉은색이었다.

무어스는 여기 온 첫날 밤에, 그녀가 어리고 순진하고 미래를 몰랐던 그때에 보았던 것보다 훨씬 복잡했다. 그래, 이 세계는 갈색이었고, 죽었거나 죽어 가는 식물이 가득했다. 무어스에서는 존재할 수 있는 모든 색조의 갈색을 볼 수 있었다. 또한 성장의 녹색과 은은한 금색, 무지개빛 꽃들로 반짝이기도 했다. 노란색 메리골드, 파란색 헤더, 자주색 바꽃. 구름처럼 하얗게 피어나는 독미나리. 노을의 스펙트럼을 다 보여 주는 디기탈리스. 무어스는 나름의 방식으로 아름다웠고, 그 아름다움이 시간과 성찰을 들여야 볼 수 있는 조용한 아름다움이라면 그것도 좋았다. 가장 좋은 아름다움은 추구해야만 얻을 수 있는 아름다움이니.

하지만 무어스 황야에 붉은색은 아무것도 자라지 않았다. 딸기나 독버섯조차 없었다. 그런 것들은 위어울프 영역인 숲 변두리나, 아니면 블리크 박사가 키우는 정원에나 있었다. 무어스 황야는 피를 참지 못하는 수많은 괴물들 사이를 가르는 일종의 중립 영역이었다. 붉은색은 변칙이었다. 붉은색은 무엇인가의 여파였다.

잭은 걸음을 빨리했다.

가까이 갈수록 붉은색이 선명해졌다. 딱 한 점에서 터져 나온 듯한 모양새였다. 칼을 쥐고 있던 누군가가 마구잡이로 기뻐하며 흘린 피였다. 그 피 한가운데에 몸뚱이가 있었다. 부드럽게 굴곡진 몸, 풍만한 가슴과 엉덩이. 몸… 시체….

잭은 그 몸이 아니라 학살극 가장자리에 떨어져 있는 바구니를 보면서 딱 멈춰 섰다. 바구니는 옆으로 떨어져 있었다. 빵에도 피가 튀었지만, 사과는 원래 붉은색이라 피가 튀었는지 아닌지 알 수가 없었다. 도무지 알 수가 없었다.

잭은 천천히, 이번만은 진흙이나 풀물이 들 것도 아랑곳하지 않고 양치류 사이에 무릎을 꿇었다. 바구니를 보는 눈이 부풀었다. 시선은 결코 바구니 너머로 향하지 않았다. 보고 싶지 않은 것에 시선을 두지 않았다.

붉었다. 너무나 붉었다.

잭이 울부짖기 시작했을 때, 그것은 한계까지 몰려서 정신을 놓은 사람이 내는 인사불성의 통곡이었다. 마을에서는 사람들이 떨면서 아이들을 끌어안고 창문을 닫았다. 성에서 자던 마스터는 이유도 알지 못한 채 심란하게 뒤척였다.

풍차에서는 블리크 박사가 슬픔을 새긴 얼굴로 일어서서 왕진 가방에 손을 뻗었다. 여기서부터의 일은 멈추지 않고 흘러가리라. 통제하거나 막기에는 너무 늦었다. 그저 그들이 살아남기를 빌 수밖에 없었다.

블리크 박사가 마른 풀잎을 밟으면서 등 뒤로 다가왔을 때, 잭은 여전히 무릎을 꿇은 채였다. 박사는 발소리를 죽이려고 하지 않았다. 오히려 자신이 다가간다는 것을 알리려 했다.

잭은 반응하지 않았다. 사과만 보고 있었다. 너무나 붉었다. 너무나 붉었다.

"피가 마르면서 색이 어두워질 거예요." 잭은 둔한 목소리로 말했다. "그러면 제가 어느 쪽이 더러운지 구별할 수 있어요. 어느 쪽을 구할 수 있는지 구별할 수 있어요."

"유감이다, 잭." 블리크 박사는 조용히 말했다. 그는 잭처럼 비위가 약하지 않았다. 그것도 잭이 아직 어리고, 알렉시스에게 얼마나 마음을 쏟았는지 생각하면 이해할 만했지만. 박사는 죽은 여자 시신까지 시선을 뻗어, 깊은 상처와 출혈량, 살이 마구 찢긴 듯한 자리들을 보았다.

두 번째 부활은 시체가 완벽한 상태여도 어려웠다. 알렉시스는… 손상이 너무 심해서 과연 성공할 수 있을지, 성공한다 해도 예전 그대로일지 장담할 수가 없었다. 가끔 두 번 죽은 사람들이 잘못 돌아오면, 막을 수 없는 괴물이 되기도 했다.

"네가 해 달라고 하면 해 보마." 박사는 불쑥 말했다. "너도 내가 그럴 줄 알았겠지. 하지만 일이 잘못되면 네가 도와줘야 한다."

잭은 고개를 들고 천천히 스승을 돌아보았다. "잘못되더라도 상관없어요. 그저… 그저 이렇게 끝날 순 없어요."

"그렇다면 핏자국을 따라가라, 잭. 짐승이 심장을 물어갔다면 온전하게 찾아와야 해. 원래 몸을 많이 가지고 작업할수록, 저 아이를 온전히 되살릴 가능성도 높아진다."

그건 사실이었지만, 동시에 편리한 핑계이기도 했다. 시신에 대한 지식이 풍부한 블리크 박사는 알렉시스를 들어 올리면 상처가 더 보일 것을 알았다. 죽은 이는 언제나 그랬다. 잭이 그 모습을 못 보게 할 수 있다면….

블리크 박사는 잭을 보호하려고 한 적이 없었다. 무어

스에서 살아남으려면 스스로가 떨어진 세상을 이해해야만 했다. 하지만 미래를 위해 대비시키는 일과 잔인한 것은 달랐다. 전자라면 기꺼이 하겠지만, 후자는 결코 할 생각이 없었다. 피할 수만 있다면.

"네, 박사님." 잭은 그렇게 말하고 비틀비틀 일어나더니, 뚝뚝 떨어진 핏방울을 따라 개활지를 걸어갔다. 아주 작은 단서를 찾으면서 지낸 세월이 있다 보니 핏자국을 추적하는 데에는 아무 어려움이 없었다. 발걸음에만 집중하다 보니 블리크 박사가 알렉시스의 시신을 들어 올려 걸머지느라 내는 신음 소리도, 몸을 돌려 멀리 보이는 풍차 그림자로 걸어가는 소리도 듣지 못했다.

잭은 계속, 계속 걷다가 마을 벽까지 걸어갔다. 문이 열려 있었다. 한낮에는 그 문도 열려 있을 때가 많았다. 그런데 안에서 들리는 커다란 목소리들은 이례적이었다. 마치 사람들이 고함을 치는 소리 같았다.

잭은 문 안으로 돌아갔다. 소음이 형태를, 의미를 띠었다.

"짐승!"

"괴물이야! *괴물!*"

"마녀를 죽여라!"

잭은 걸음을 멈추고, 지금 보이는 장면을 이해하려고 얼굴을 찌푸렸다. 마을의 절반 정도 되는 사람들이 광장에 서서 분노하며 주먹을 들어 올리고 있었다. 몇 명은 칼이나 쇠스랑을 들기도 했다. 적극적인 사람 하나는 횃불까지 찾아서 나온 모양이었다. 이 소란의 중심에 선 사람만 아니었다면 잭도 그 '할 수 있다' 정신에 감탄했을 것이다.

질이, 혼란스러운 표정으로, 피 때문에 얇은 드레스가 막 헤엄이라도 치고 온 사람처럼 몸에 붙은 모습으로 서 있었다. 두 팔은 팔꿈치까지 붉었다. 두 손은 무시무시했다. 붉은 액체가 두껍게 붙어서 마치 장갑이라도 낀 것 같았다.

알렉시스의 어머니가 군중을 헤치고 나가면서 "악마!"라고 새된 비명을 지르더니 질에게 계란을 던졌다. 계란은 질의 드레스 앞에 떨어져서 터지면서 붉은색에 노란색을 더했다.

질의 눈이 커졌다. "이럴 순 없어." 그녀는 놀라울 정도로 어린애 같은 투로 말했다. "난 마스터의 딸이야. 너희는 나한테 이럴 수 없어. *허락되지 않아.*"

"넌 아직 그분의 딸이 아니야, 이 어리석은 아이야." 새로운 목소리가 쏘아붙였다. 익숙한 목소리였다. 잭과 질이 저도 모르게 같은 동작으로 고개를 돌려 보니 메리가 군중 가장자리에 서서 질이 성에 들어가지 못하게 막고 있었다. "인내심을 가지라고 했잖아. 때가 올 거라고 했잖아. 그런데 꼭 일을 서둘러야 했어? 마스터가 널 귀여워한다고 해서 잘해 주는 게 아니라고 말해 줬잖아."

"나보고 무자비해지라고 했잖아!" 질은 피 묻은 두 손을 말아쥐며 항의했다. "마스터는 내가 무자비해지길 원한다고 했잖아!"

"마스터는 마을 사람들로 배를 채우지만, 보호하시기도 해." 메리는 차갑게 말했다. "넌 마스터의 허락도 축복도 없이 마을 사람을 죽였어. 너는 뱀파이어가 아니야. 너에겐 권리가 없어." 메리는 턱을 살짝 들어 올리고 군중에게 관심을 돌렸다. "마스터가 가족에 대한 보호를 철회하셨습니다. 마음대로 하세요."

낮고 위험한 웅성거림이 군중 사이로 퍼져 나갔다. 야수가 공격 직전에 내는 소리였다.

아마 잭이 사랑하는 연인의 피를 묻힌 채 얼이 빠져 있던 동생에게 등을 돌렸어도, 그냥 가 버렸어도, 그녀는 용서받을 수 있었을 것이다. 이건 워낙 이례적인 상황이었고, 잭도 이례적인 사람이기는 했지만 겨우 열일곱 살이었다. 잭이 그때 원한을 품었다 해도 이해할 수 있었을 것이다. 설령 그랬다가 나중에 후회한다 해도.

잭은 질을 보면서 청바지를 입고, 짧은 머리는 뒤통수에서 뻗친 채, 잭에게 모험을 하러 가자고 조르던 열두 살짜리 아이를 기억했다. 둘 모두를 구하는 길이라 해도 질을 뒤에 남겨 두고 떠나기가 얼마나 무서웠는지 기억했다. 루 할머니를 기억했고, 잭이 너무나 어렸을 때 할머니가 너희는 서로 돌봐줘야 한다고, 화가 났을 때도 그래야 한다고 했던 때를 기억했다. 가족은 한 번 팽개치면 다시는 대신할 수 없는 거라고 했던 그 말을.

잭은 예전에, 아주 오래전에 동생을 사랑했던 것을 기억했다.

군중은 질이 달아나려고 할까 지켜보고 있었다. 잭이 둘러선 사람들을 밀어내고 뛰어들어서 질의 손을 잡고 달아날 줄은 생각도 못했다. 놀란 사람들은 두 소녀가 군중 사이를 벗어날 때까지 움직이지 못했고, 잭은 피 때문에 손을 놓치지 않으려고 애쓰면서 동생을 잡아끌었다. 질은 이상하게 유순해서 잡아끄는 잭의 힘에 반항하지 않았다. 쇼크 상태 같기도 했다.

'살인자가 된 데다가 같은 날에 버림받으면 그럴 만도 하지.' 잭은 어지러운 머리로 생각하고, 쫓아오는 발소리가 들리기 시작해도 계속 달렸다. 지금은 도망치는 것만이 중요했다. 다른 건 다 나중에 생각할 수 있었다.

원한 적도 없는

모든 것

이제 그들의 모습을 보라. 두 소녀, 거의 성인이 다 되었지만 아직은 아닌, 아직은 어린 두 소녀가 손에 손을 잡고서 드넓고 용서를 모르는 황야를 달린다. 한 명이 입은 치마는 양치식물에 엉키고 찢어진다. 다른 한 명은 바지에 튼튼한 신발을 신고, 세상으로부터 자신을 지켜 줄 장갑을 꼈다. 둘 다 목숨이 걸린 것처럼 달린다.

그 뒤에서는 인간의 몸 하나하나가 이루는 분노의 강물이, 군중 특유의 멈출 수 없는 격노를 몰고 달린다. 그 사이에 홰에도 불을 더 밝혔고, 쇠스랑도 더 나왔다. 이런 곳, 이런 하늘 아래에서는 횃불과 쇠스랑이 분노한 사람들의 자연스러운 휴대품이다. 이 물건들은 요청하기도 전에 나타나고 많이 나타날수록 위험이 더 커진다.

노여움이라는 불을 밝힌 사람들의 무리는 별이 가득한

하늘처럼 반짝인다. 위험은 매우 현실적이다.

잭은 달리고 질은 뒤따른다. 둘 다 울고 있다. 하나는 텅 빈 황야에 장미처럼 붉게 피어난 연인 때문에, 또 하나는 자신을 자랑스러워할 줄 알았는데 오히려 내쳐 버린 양아버지 때문에. 우리가 둘 중에 첫째에게 더 안된 마음을 품는다면, 그야 우리는 인간에 불과하니 어쩔 수 없다. 우리는 이 장면을 인간의 눈으로 보고, 우리만의 방식으로 판단할 수밖에 없다.

두 소녀는 달리고, 군중은 뒤쫓으며, 떠오르는 달은 지켜본다. 이야기가 거의 끝에 이르렀기에.

블리크 박사는 기름 먹인 방수포로 알렉시스를 덮다가 정원 길을 달려 올라오는 발소리를 들었다. 잭이 보일 줄 알고 몸을 돌린 박사는, 제자만이 아니라 제자의 친자매가 같이 보이자 굳었다. 두 사람 뒤로 격분한 군중이 다가오고 있었는데, 횃불에 사람들의 윤곽만 보였다.

"잭, 이게…?"

"질이 알렉시스에게 무슨 짓을 했는지 마을 사람들이 알게 되자, 마스터가 보호를 취소했어요." 잭은 아직도 걸음을 늦추지 않고 질을 풍차 안으로 잡아끌면서 말했다. 잭의 목소리는 차갑고 또렷했다. 박사가 잭을 잘 알지 못했다면 그 목소리가 얼마나 심하게 떨리고 있는지 눈치채지 못했을 것이다. "저들이 질을 죽일 거예요."

질은 엄청난 비명을 지르면서 손을 잡아 뺐다. 아직 피 때문에 미끄러워서 쉽사리 손이 빠져나왔다. "사실이 아니야! 그분은 날 사랑해!" 질은 소리를 지르면서, 도망치려고 몸을 홱 돌렸다.

블리크 박사가 이미 하얀 천을 들고 서 있었다. 그는 질의 코와 입에 천을 꽉 대고 눌렀다. 질은 자지 않으려고 발버둥 치는 새끼고양이같이 절박한 울음소리를 내더니, 몇 초 동안 저항하다가 무릎이 풀려서 구겨져 내렸다.

"잭, 서둘러라." 박사는 문을 쾅 닫으면서 말했다. "시간이 별로 없다."

블리크 박사가 잭에게 제일 먼저 새겨 넣은 것이 복종이었다. 명령에 따르지 않으면 불쾌한 결과가 따랐고, 어린 잭은 그 결과 중 많은 수가 치명적이라고 여겼었다. 그래서 잭은 질 곁으로 달려가서 의식을 잃은 동생을 품에 안아 들었다. 둘은 키가 같았지만, 질은 무게가 별로 느껴지지 않았다. 마치 먼지와 솜털로만 이루어진 존재 같았다.

"앨 숨겨야 해요." 잭이 말했다.

"숨기는 정도로는 부족하다." 블리크 박사가 대꾸했다. 그는 작업대에서 작은 기계를 하나 집어 들고 풍차 뒷문으로 향했다. "넌 훌륭한 제자였다, 잭. 손도 빠르고, 머리도 좋고… 내가 바랄 수 있는 모든 것이었지. 이런 일이 일어나서 안타깝구나."

"무슨 말씀이세요, 박사님?" 잭의 뱃속이 꽉 뭉쳤다. 그녀는 죽은 연인의 피에 뒤덮여 잠든 동생을 안고 있었고, 마을은 횃불과 쇠스랑을 들고 풍차로 진격해 왔다. 이 밤이 이보다 더 나빠질 순 없다고 생각했다. 그런데 갑자기, 더 나빠질 수 있다는 확신이 찾아왔다.

'이런 영화를 본 적이 있어.' 그녀는 실없이 생각했다. '하지만 괴물을 만든 건 우리가 아니야. 마스터가 만들었지. 우린 그 괴물을 사랑한 사람들일 뿐이고.'

아니, 심지어 그것조차 아니었다. 블리크 박사가 처음에 잭이 아니라 질을 구하려고 했던 건, 잭이 뱀파이어 영주에게 더 논리적인 선택이라고 보아서였다. 특별히 질을 알거나 마음 쓴다는 뜻이 아니었다. 연민을 사랑으로 바꾸는 연금술은 시간인데, 질과 블리크 박사에게는 시간이 주어지지 않았다. 이 방에서 누군가가 질을 사랑한다면 그건 잭이었다. 최악은 그 사랑조차도 알렉시스가 없었다면 배우지 못했을 거란 점이었다. 그들의 부모는 서로를 사랑하는 방법을 가르쳐 준 적이 없었다. 두 아이에게 조금이라도 유대감이 있다면 그건 살면서 만난 어른들 때문이 아니라, 그 어른들에도 불구하고 존재했다.

질은 마스터에게 갔고, 스스로 버려진 아이라고 느꼈을지는 모르지만, 동시에 그녀는 결코 뒤돌아보지 않는 사람이기도 했다. 그녀는 뱀파이어의 자식이 되고 싶었고, 뱀파이어들은 남과 공유해야 하는 존재를 사랑하지 않았다. 잭은 블리크 박사에게 갔고, 박사는 잭에게 마음을 쓰고 돌봐 주고 가르쳤지만, 사랑을 북돋은 적은 없었다.

잭에게 사랑을 알려 준 사람은 알렉시스였다. 마을에서 잭과 같이 걸으며 이전에는 지나치는 얼굴들에 불과했던 사람들을 소개해 주고, 그 사람들을 제대로 인식할 때까지 그들의 삶에 대해 말해 준 알렉시스. 잭과 같이 울고 같이 웃었으며, 성안에 외로이 갇힌 잭의 동생을 안타까워해 준 알렉시스. 질을 다시 인간으로 보게 만든 사람도 알렉시스였고, 덕분에 동생을 겁에 질려 버려진 존재로 보게 되고 나서야 잭은 아직도 동생을 사랑한다는 사실을 깨달았다.

알렉시스가 없었다면 잭은 사랑하는 법을 잊었을지도 모른다. 알렉시스가 없었어도 질은 누군가를 죽였을 테지만 —마을 사람 누군가, 빨리 비켜 서지 않은 누군가를— 그랬다면 잭은 질을 구하지 않았을 것이다.

알렉시스만 없었다면, 그 역할을 누가 대신했더라도 제대로 복수가 이뤄졌으리라는 사실이 최악이었다.

"저들이 여기에서 질을 찾아낸다면 죽일 테고, 너까지 죽일 수도 있다. 네가 저들에게 같은 살인을 두 번 저지를 수 있는 귀한 기회가 될 테니까." 박사는 기계 장치를 문에 찍어서 나무에 뾰족한 '발'을 박아 넣고, 다이얼을 돌리기 시작했다. "마스터가 질과 절연한 건 마을 사람들이 성으로 행진하는 사태를 막기 위해서였다. 뱀파이어라 해도 불은 무서워하거든. 하지만 자기 딸을 죽인 사람들을 용서하진 않을 거다. 마을을 통째로 태워 버리겠지. 전에도 일어났던 일이야. 질을 여기로 데려오길 잘했다. 마을을 구하려면 질을 구하는 수밖에 없다."

"박사님, 그게 지금 무슨—"

"문은 우리의 세상이 제공하는 가장 큰 과학적 수수께끼지." 블리크 박사는 번개를 가둬 둔 단지를 집어 들고 문틀에 꼈다. 불똥이 허공을 채웠다. 기계가 갑자기 윙 소리를 내며 살아나고, 다이얼이 미친 듯이 돌아갔다. "정말로 내가 문을 통제할 방법을 못 찾았다고 생각했나?"

잭은 눈을 크게 떴다. "우리가 언제든 돌아갈 수 있었다는 말씀인가요?" 묻는 목소리가 찍찍거리는 소리처럼 나왔다.

"돌아갈 수도 있었지." 그는 동의했다. "하지만 너희가 집으로 가진 않았을 거야."

잭은 피투성이로 말이 없는 동생을 내려다보고 한숨을 내쉬었다. "그래요. 우린 돌아가지 않았겠죠."

"적어도 1년은 떨어져 있거라, 잭. 그래야 해. 1년이면 여기 모인 폭도들이 흩어지기에 충분한 시간이다. 원한보다 생존이 더 중요하니까." 그들은 이제 바깥의 고함 소리를 들을 수 있었다. 그다음엔 불이 날아올 것이다. "피가 문을 열어 줄 거다. 네 피든 동생의 피든, *네 손에 묻히*

기만 하면 상관없어. 저 아이는 뒤에 남겨 두거나, 아니면 죽여서 시신을 가지고 돌아오거라. 어느 쪽이든 지금 이대로의 모습으로는 올 수 없다. 이해하겠지? 네 동생을 산 채로 데리고 돌아와선 안 돼."

잭의 눈이 더 커졌다. 눈 주위 근육이 아파 올 정도였다. "정말로 절 보내시게요? 하지만 전 아무 잘못도 안 했어요!"

"넌 저들이 살인하려는 걸 막았어. 여기에선 그 정도로도 충분한 죄야. 가거라, 떠나 있다가, 그래도 여전히 원한다면 집에 오거라. 여기는 언제나, 언제나 네 집이다." 그는 슬픈 눈으로 잭을 보았다. "네가 보고 싶을 거다, 제자야."

"알겠습니다." 잭은 눈물을 터뜨리지 않으려고 참느라 아랫입술을 떨면서 속삭였다. 이건 공평하지 않았다. 불공평했다. 규칙을 깬 쪽은 질인데, 잭이 모든 것을 잃을 위기에 처하다니.

블리크 박사가 문을 열었다. 뒷마당이 있어야 할 곳에, 천천히 어둠 속으로 나선을 그리며 올라가는 나무 계단이 나타났다.

잭은 심호흡을 하고 약속했다. "돌아올게요."

"그럴 줄 안다." 박사가 말했다.

잭은 문 안으로 들어갔다. 박사가 그 뒤에서 문을 닫았다.

여기에서 집까지는

수많은 고난이

열두 살짜리 아이로서 계단을 내려가는 일은 피곤하지만 할 만했었다. 몇 시간 정도의 일, 오후 반나절의 재미였다.

열일곱 살이 되어, 축 늘어져 잠든 동생을 안고 그 계단을 올라가기는 좀 더 힘들었다. 잭은 지난 몇 년 동안 블리크 박사가 시켰던 반복적이고 무의미해 보였던 일들을 생각하려고 애쓰면서 기계적으로 터벅터벅 계단을 밟았다. 개구리알을 약간의 색 변화에 따라 분류하거나, 숲에 자란 딸기에서 씨를 다 빼거나, 블랙베리 산울타리의 가시를 모조리 날카롭게 갈면서 얼마나 많은 오후를 보냈던가. 그런 잡일을 반복하다 보면 하나같이 화가 치솟았지만, 직업에 더 적합한 사람으로 만들어 주는 일들이었다. 그러면 지금 이 일은 잭을 어디에 적합하게 만들어 줄까?

그녀를 사랑한 소녀를 배신하기. 그 소녀는 무어스에서 죽었으며, 이젠 블리크 박사에게 제자가 없으니 그대로 죽은 상태로 있을 텐데.

그녀의 모든 것을 빼앗아 간 동생을, 그애가 자초한 지옥에서 구해 내기.

포기하기. 원한다는 사실조차 겨우 알게 된 모든 것을 포기하기.

그중 어디에도 적합해지고 싶지 않았지만, 여전히 답은 그것뿐이었다. 잭은 고개를 흔들어 눈물을 털고, 계속 올라갔다.

여전히 낡았고, 여전히 튼튼했으며, 여전히 먼지투성이 계단이었다. 여기저기에서 어렸을 때 그녀가 이 계단을 내려가면서 남긴 발자국의 흔적이 보이는 것 같았다. 그것도 말이 됐다. 잭과 질이 도착한 이후 무어스에는 새로 나타난 아이가 없었다. 이젠 그 자리가 비었으니 또 다른 아이들이 나타날지도 모르지. 숨을 들이마실 때마다 수백만 개의 먼지 입자를 빨아들여야만 했다. 생각만 해도 구역질이 났다.

반쯤 올라갔을 때 질이 움직이더니, 눈을 뜨고 혼란스러운 얼굴로 잭을 올려다보았다. "잭?" 쉰 목소리로 물었다.

"걸을 수 있어?" 잭은 퉁명스럽게 대꾸했다.

"난… 여기 어디야?"

"계단." 잭은 걸음을 멈추고 질을 내려놓았다. 엉덩방아를 찧게 대충. "질문할 수 있다면 걸을 수도 있겠지. 널 들고 가는 데 지쳤어."

질은 눈을 껌벅이다가, 경악해서 눈을 크게 떴다. "마스터가—"

"여기 없어, 질. 우린 계단에 있어. 계단 기억해?" 잭은 두 팔을 휘저어 사방을 가리켰다. "무어스가 우릴 쫓아냈어. 우린 돌아가는 길이야."

"안 돼! *안 돼!*" 질은 펄쩍 뛰어 일어나서 아래로 몸을 던지려 했다. 잭이 더 빨랐다. 잭은 한 팔로 동생의 허리를 잡고, 확 잡아당겨서 앞쪽으로 던졌다. "돼!" 잭이 외쳤다.

질의 머리를 뭔가가 세게 때렸다. 질은 멈춰 서서 머리를 문지르다가, 어리둥절해서 천천히 몸을 돌리고 뒤쪽 허공을 만졌다. 마치 뚜껑 문처럼, 마치 트렁크 뚜껑처럼 공기가 위로 올라가면서 작은 먼지투성이 방을 드러냈다. 아직도 희미하게나마 루 할머니의 향수 냄새가 났다.

"내 아래쪽 계단은 사라졌어." 잭은 놀라지 않고 무미건조한 목소리로 말했다. "밀려 나가기 전에 올라가는 게 좋을 거야."

질은 밖으로 올라갔다. 잭도 따라갔다.

둘은 한참 동안 그곳에 서서, 저도 모르는 사이에 서로에게 가까이 다가선 채로 과거에 처음 그들을 돌봐 준 사람이 살았던 방을 보았다. 둘 다 변해 버리기 전까지는 너무나 친숙했던 공간이었다. 트렁크가 쾅 소리를 내며 닫혔다. 질이 작게 비명을 지르며 달려들어서 트렁크를 열어 보려 했다. 잭은 무관심하게 그 모습을 지켜보았다.

트렁크 안에는 낡은 옷과 변장용 장신구만 가득했다. 애정 넘치는 할머니가 손녀딸들이 가지고 놀라고 챙겨 두었던 물건들. 계단은 없었다. 비밀 문도 없었다.

질이 피 묻은 두 손을 밀어 넣고 옷을 파헤쳤다. 잭은 내버려 두었다.

"여기 있어야 해!" 질이 울부짖었다. "있어야만 한다고!"

없었다.

질이 겨우 트렁크 헤집기를 그만두고 고개 숙여 울자,

잭은 그 어깨에 한 손을 얹었다. 질은 낙담한 채 몸을 떨며 잭을 올려다보았다. 질은 스스로 생각하는 요령을 배운 적이 없었다.

'난 옳은 선택을 했어. 그렇지만 널 남겨 둬서 정말 미안해.' 잭은 생각하고, 큰 소리로 말했다. "가자."

질은 일어섰다. 잭이 손을 잡자 저항하지 않았다.

문은 잠겨 있었다. 잭이 주머니에 넣어 둔 열쇠, 5년 내내 가지고 다녔던 열쇠가 딱 맞았다. 열쇠가 돌아가고, 문이 열리고, 그들은 가장 엄격하고도 전통적인 의미에서의 집에 있었다. 태어나서 12년 동안 살았던 집(그들이 성장한 집이라고는 할 수 없었다. 그 집에서 나이를 먹기는 했지만, 성장은 거의 하지 않았다)은 친숙하면서도 이질적이어서, 마치 이야기책 속을 걷는 것 같았다. 돌로 만든 성의 바닥과 단단하게 다진 흙바닥에 익숙해진 발에 닿는 카펫은 지나치게 부드러웠다. 공기에서는 새로 핀 꽃이나 정직하게 만든 화학 약품이 아니라 역겹도록 달콤한 냄새가 풍겼다. 지상층에 내려섰을 때 둘은 서로 손을 잡지 않았다는 사실이 무의미할 정도로 가까이 붙어서 걷고 있었다. 그들은 여전히 결합된 채였다.

식당에 불이 켜져 있었다. 불빛을 따라가 보니 부모님이 식탁 앞에 앉아 있었고, 완벽하게 차려입은 어린 남자애가 같이 있었다. 둘은 문 앞에 멈춰 섰고, 둘 다 당황해서 이 작고 폐쇄적인 세 가족을 들여다보았다.

세레나가 먼저 알아차렸다. 그녀는 비명을 지르며 의자에서 펄쩍 뛰었다.

"체스터!"

체스터가 몸을 돌려 침입자들에게 소리를 지르려고 입을 벌렸다. 하지만 한 소녀는 피투성이였고, 둘 다 울다가 온 몰골인 데다가, 어딘가….

"재클린?" 체스터가 속삭였다. "질리언?"

그리고 두 소녀는 서로에게 매달려서 울었다. 밖에서는 형벌처럼 비가 쏟아졌고, 그 무엇도 전과 같지 않을 터였다.

Down Among
the Sticks
and Bones

뱀파이어 세계로 간 쌍둥이

1판 1쇄 인쇄 2023년 6월 5일
1판 1쇄 발행 2023년 6월 20일

지은이 섀넌 맥과이어
옮긴이 이수현

발행인 황민호
본부장 박정훈
책임편집 김순란
기획편집 강경양 김사라
마케팅 조안나 이유진 이나경
국제판권 이주은 한진아
제작 최택순

발행처 대원씨아이㈜
주소 서울특별시 용산구 한강대로15길 9-12
전화 (02)2071-2017
팩스 (02)749-2105
등록 제3-563호
등록일자 1992년 5월 11일

ISBN 979-11-7062-405-9 (04840)
979-11-7062-403-5 (세트)